ラヴィ

吸血鬼王の華麗なる伝説集

#コンパス 戦闘摂理解析システム

［著者］
鬼影スパナ

［イラスト］
徳之ゆいか

［原案・監修］
#コンパス 戦闘摂理解析システム

口絵・本文イラスト●徳之ゆいか

第一章　最強無敵の吸血鬼の王、ラヴィ・シュシュマルシュ

かつて栄えた国の面影を残す朽ちた都。その中央にそびえ立つ古城、ルーナ・プレーナ城。

その玉座の間に、一人の可憐《かれん》な吸血鬼が居た。

「我こそは、千年を生きる吸血鬼の真祖であり始祖である。崇め、怯《おび》え、奉れ！」

手を伸ばせば、それが合図のように足元から竜巻のように眷属《けんぞく》の蝙蝠達《こうもりたち》が飛び立ち、丈の短いピンクのスカートを揺らす。

「栄えある我が名はラヴィ・シュシュマルシュ・コル・ウェスペルティーリオ。吸血鬼の王である！」

そう言って、古城の主《あるじ》、ラヴィは凹凸のない胸を張る。曇天の空が、ピカッと雷で一瞬光った。

そして、ラヴィの前には——特にだれかが居るわけでもなかった。

「……よし、今日もラヴィは完璧ね！」

ぐっとガッツポーズをとり、「きゅはっ♪」と愛らしい笑みを浮かべるラヴィ。飛び立っていた

蝙蝠達が戻ってきて「どう？　どう？」「うまくできたー」「ラヴィ様なでて」とラヴィに群がる。

「よしよし、アンタ達もいい感じよ。一列に並びなさい、一匹ずつ撫《な》でてあげるわ」

ラヴィの言葉に素直に従い、蝙蝠達は並んだ。ラヴィは宣言通り一匹ずつ優しく「よくできたわね、偉いわよ！」と撫でていく。ラヴィの愛らしい姿と相まって、大変微笑《ほほえ》ましい光景だ。


そこにパタパタと一匹の蝙蝠が飛んできた。

「ラヴィ様ー！　って、何してるんです？　わざわざ子供達を引き連れて」

「あら眷属。名乗りの練習に決まってるじゃない」

何を当たり前のことを、と笑うラヴィ。

「吸血鬼の王が名乗りをトチったりしたらカッコ悪いでしょ？　まぁラヴィは可愛《かわい》いから失敗しても許されちゃうだろうけど、子供眷属達の夢を壊さないようにこうして練習してるってワケよ」

「はぁ、その練習に子供達を付き合わせてるんですね」

やれやれ、と羽をすくめる蝙蝠。

「なによ、文句でもあるの？」

「いえ別に。ただ、練習で失敗したら子供達に失敗しているところを見られてしまうわけですよね？　なら練習の練習が必要になるんじゃないかなって」

「！　確かにそうね！」

その発想はなかったわ！　とラヴィは手を叩《たた》いた。

「まぁそもそも滅多《めった》に人が来ないので、名乗りをする機会が稀《まれ》なわけですが……」

「それでも万が一に備えるのは王たる我の義務なのよ！　……ところで眷属。何か用事でもあったのかしら？」

「あっ、そうでした。お客様がおいでですラヴィ様！」

「あら。ルーナ・プレーナ城に客人とは珍しいわね。早速練習した名乗りをお披露目《ひろめ》するチャンスよ眷属達！　――我が名はラヴィ、世界最強の吸血鬼とは我のことよ！」

ばぁーん！　とポーズを取ると、子供蝙蝠達がノリノリでバサバサと飛び回る。練習はばっちりだ。

「あ。いえ。名乗りは必要ないかと。ステリア様ですので」

「それを先に言いなさいよ！　隠れるわよアンタたち！　ステリアったら話し始めたら何年かかるか分からないんだから！　名乗りどころじゃなくなるわ！」

そう言うや否や、ラヴィは自身を多数の蝙蝠へと変えて飛び去る。幸か不幸かこの古城ルーナ・プレーナはボロボロで、蝙蝠が隠れる場所には事欠かない。子供蝙蝠達に紛れると多少大きさが目立つものの、完璧な潜伏といっていい。

ラヴィが蝙蝠達と隠れた直後、コンコンとボロボロの扉をノックする音が響く。

「ラヴィちゃーん！　遊びに来たよー！　おじゃましまーす」

ノックの返事を聞かず入ってきたのは、ステリア・ララ・シルワ。人間に狩られて今や絶滅危惧種の純正エルフだ。胸部にたわわな実りをたゆんと揺らし、革袋と、神々しくもある神器の槍《やり》、静寂の宝槍《ほうそう》ルーこと通称「ルー君」を手にしている。

「……って、あれ、いないの？　出かけてるのかな？」

キョロキョロと部屋を見回すステリア。ラヴィは蝙蝠に紛れて上からそれを見ているが、ステリアはかなりしつこく部屋を捜索している。ボロボロの玉座の裏の床に隠し階段でもないかとノックする程に。

「うーん、いないなぁ……帰ってくるの待ってようかな。ここで待っていれば帰ってくるよね、ルー君」

そう言って槍を抱え、玉座、ではなくその隣にちょこんと座り込むステリア。玉座はあくまでもラヴィの場所。それを心得ているあたり、ラヴィはステリアを嫌いにはなれない。

「（ぐぬぬ……長期戦になりそうね……）」

エルフの時間感覚は長い。下手に話し始めたら年単位でおしゃべりし始める程におかしな時間感覚をしている。悠久の時を生きるラヴィが言うのもアレだが、ステリアの話題はほぼ「ルー君」についてなのだ。一度、気の済むまで話させたらもう話してこないんじゃないかと思って話を聞き続

けたこともあったが、そのときは十年続いてラヴィがギブアップした。

話し始めると止まらない。なら、隠れて話させない！　それがラヴィの編み出したステリア対処法のひとつである。


そして二十日が経過した。

二十日間。ステリアはたまに革袋からパンを取り出してもぐもぐする程度で殆《ほとん》ど身動きせずでぼーっとしていた。トイレも最小限で、いつまでもいつまでもラヴィが帰ってくるのを待っていた。

下手に話し始めたら年単位でおしゃべりし続ける程なのに、植物のようにぼーっとするのも得意で、ルー君を撫でたり布で拭いたり、抱きしめたまま寝たりしていた。

「う～ん、帰ってこないなぁ」

ぽつりと呟《つぶや》くステリア。コソコソと隠れていたラヴィの耳にもその声は届き、「そろそろあきらめてくれそうね」と狙い通りの状況にしたり顔になる。

「せっかくドワーフさんの作ったぶどうジュース持ってきたのに、しかたがないから一人で飲んじゃおーっと」

そう言ってステリアは袋から赤い液体の詰まったビンを取り出す。

「え!?　ちょっ！　ステリア！　タンマタンマッ!!」

ずわわわっと、蝙蝠が集まりラヴィの身体《からだ》を構築する。

ぶどうジュース。それもドワーフ作ということは、間違いなくラヴィの大好物。ぶどうを皮ごと潰して樽《たる》に詰め、甘くなるまで発酵させた『ぶどうジュース』だ。それを見逃せなかったラヴィは思わずステリアの前に姿を現してしまった。……どうやら今回の根競《こんくら》べはラヴィの負けのようである。

「ど、どうしたのステリア？　来ていたなら声かけなさいよね！」

隠れていたバツの悪さを隠しつつ、何事もなかったかのように装ってにこりと微笑む。

「ラヴィちゃん！　どこにいたの？　探したよ～」

「地下室にいたのよ。く、暗いところが好きだからね」

「地下室にいたんだ～、次はそっちも探してみるね！」

ニコニコと上機嫌なステリア。そこに二十日間放置された事に対する怒り等は微塵《みじん》もない。まぁエルフにとってはたったの二十日。待ち合わせで普通に待ちぼうけ食わされたレベルの期間だし、約束無くやってきたのはステリアの方だ。

「今日はね、ラヴィちゃんが好きって言ってたぶどうジュース持ってきたの。一緒に飲もう？」

「いいけど、ステリア……飲みすぎないでよ？　この前だってふらふらになったステリアを運んだのラヴィなんだからね！」

「五年前ぐらいだっけ？　ごめんねー、でも今日は大丈夫だから任せて！　私がラヴィちゃんを運んであげるから！」

「その自信どこからくるのよ……」

やれやれ、と肩をすくめるラヴィ。ステリアは嬉《うれ》しそうにニコニコしていた。

「まぁでも、ドワーフのぶどうジュース……きゅふふ、楽しみね！」

「ふふっ、沢山お話ししたいこともあるんだ～」

「ほどほどにしなさいよね、さぁ早く準備しましょ。眷属、グラス持ってきて」

「はーい、ラヴィ様」

蝙蝠達がキッチンへと飛んでいく。


しばらくすると、金の装飾のついた高価なワイングラスを蝙蝠達が運んできた。

「とっておきのブドウジュースっていうなら、やっぱりこのグラスね。良いチョイスよ眷属達！」

「わーい！」

ラヴィが褒めると、眷属の蝙蝠達は嬉しそうにラヴィの周りを飛び回った。

「さ、それじゃあ早速飲みましょうか。ステリア、私が先に毒見してあげるわ」

「先に飲みたいだけでしょ。はいはい、注《つ》いであげる」

とく、とく、とく、とラヴィの持つグラスにぶどうジュースを注ぐステリア。冷えたぶどうジュースがグラスの中で揺れ、甘酸っぱい香りが部屋を満たした。口に含めば、ラヴィ好みの甘くない年季の入ったぶどうジュースだ。

「さすがステリア、私の好みを分かってるわね」

「ふふふ。実はこれ、今お世話になってる村で作ってるぶどうを使ってるんだよラヴィちゃん」

「へぇ。良いぶどう畑があるのね。どんなところ？」

くいっ、とまた一口ぶどうジュースを口に含むラヴィ。

「……実は、オークさんの集落なんだよ！」

「ぶへっ!?」

オーク。でっぷりとした二足歩行の豚のような種族で、ゴブリンと同じような緑色の肌をしているモンスター。エルフであるステリアとの組み合わせは非常に複雑な存在で、ラヴィの知るある種偏った知識によれば、エルフはオークに襲われてエッチな目にあったりするのが一部界隈《かいわい》での常識である。

「あ、アンタそれ大丈夫なの!?　オークって、あの豚みたいなオークでしょ!?」

「うん、そのオークで合ってるよ。でもこんな美味《おい》しいワインになるぶどうを作れる、心優しいオークさん達でね」

友人であるステリアが騙《だま》されているんじゃないかと不安になるラヴィ。

「……何かあったら、すぐ言いなさいよ。アンタはすぐ面倒事に巻き込まれるんだから」

「えへへ、心配してくれたの？　ありがとうラヴィちゃん」

すっとステリアの手がラヴィの頭上に伸びてきたので、思わずラヴィはそれをかわす。

「あーん、つれないなぁ。私とラヴィちゃんの仲でしょう?」

「そうよ。だからラヴィがステリアの手を避《よ》けるのも自由ってコトね」

「なるほど?」

ラヴィの言い分に、小首をかしげつつ納得するステリア。

「あ。でもそういえば困ったことがあったんだった」

「何よ。言いなさい、ラヴィが手伝ってあげてもいいわよ? もちろん、報酬次第だけどね」

ステリアは自分のグラスにもぶどうジュースを注ぐ。

「実はね、最近オークさん達の村が盗賊に狙われてるんだよ」

「ふぅーん……ん? ちょっとまってよステリア。あんた、ここに来たの二十日前よね?」

「うん、そうだけど。……あれ? 私、いつ来たか言ってたっけ?」

「まぁまぁ、そんなことはいいのよ! 重要じゃないわ」

あやうく自分が意図的に二十日間ステリアを放置していたのがバレそうになって慌てて誤魔化《ごまか》すラヴィ。ステリアは「そうだね?」と気付かず流した。

「盗賊とかの対処は初動が大事なのよ。たった二十日でも、放置してたら手遅れになりかねないわよ?」

「むむ、そうなのかな」

「そうなのよ」

ステリア自身、故郷の村をエルフ狩りの人間に燃やされていて、安住の地を探し旅している日々だというのに。全くのんきなもんね、とラヴィは肩をすくめた。

「こんな話をしてる間にその村滅ぶんじゃないの？」

「んー。ねぇラヴィちゃん……どうにかならないかな？」

「急げば間に合うかもね。まだ滅んでなければだけど。――だからこれはラヴィが飲んであげるわ！　ステリアに飲ませたら寝ちゃうものね！」

「ああっ！　もー、ラヴィちゃんったら。自分が飲みたいだけじゃないの？」

ステリアからグラスを奪い、くぃーっとグラスを傾け、入っていた赤いジュースを飲み干すラヴィ。喉を焼く辛口の液体に、ふぅとラヴィは艶のあるため息をついた。

「……そうね。このぶどうジュースが気に入ったから、あと五本で手を打ってあげるわ」

「！　いいよラヴィちゃん。村長さんにお願いしてみるね！」

こうしてラヴィはステリアがお世話になっているオークの村の救援に向かうことになった。

＊＊＊

オークの村は、森のそばにある、拍子抜けするほど普通の農村であった。緑豊かな田園風景。

家々は木造建築で、赤茶色の屋根が連なり白い壁が続いている。道は土がむき出しで、所々に水路が引かれ、新鮮な空気が流れ込んでいた。

農具が置かれた倉庫や、収穫され干されている麦束。どこからか牛たちの鳴き声が聞こえ、遠くでは子オーク達の元気な笑い声が上がっている。家庭菜園もあり、手作りの物干し台や、井戸端で水を汲《く》む女性オーク達の姿も見受けられる。ベージュ色の、腰を紐《ひも》でくくった簡易的なワンピースだったが、ちゃんと服を着ている。綺麗《きれい》な石や獣の牙を皮ひもでネックレスにしていたり、羽を髪飾りにしていたりと結構オシャレだ。

「……ラヴィの知ってるオークと違う！」

ぶっちゃけラヴィは精々腰に布を巻いている程度の蛮族の村を想像していたのだが、予想以上に文明的である。

「え？　ワイン作れるくらいの村なんだから、これくらい普通だよ？」

「いやぁその……他種族のメスを襲って、とかいう蛮族な話を聞いたことが、ね？」

特にラヴィの知る異世界《アニメやゲーム》の知識では、エルフなんかオークの格好の獲物だ。次点で姫騎士。

「やだなぁ、ここのオークさん達は盗賊じゃないよ？　狙われる側だよ」

「あ、うん、そうね？……オーク以外は居ないのかしら？」

日光にげんなりしつつ、ラヴィはぽつりと感想を言う。

「村長さんの奥さんがドワーフなの。でも生まれる子は全部オークだから結局オークが多くなるんだって。不思議だよねぇ」

「……オークなだけに？」

「うん？」

「何でもないわ。聞かなかったことにして」

ラヴィは通じなかった冗談を取り消すようにひらひらと手を振った。


村の中心部には共同の広場があり、そこでは男のオーク達が集まって話し合いをしていた。……その表情はどこか険しい。その中の一人がラヴィとステリアに気付く。

「ふご。おお！　ステリアちゃん！　無事だったんか！」

「こんにちわ、オクゾーさん。頼りになるお友達を連れてきたよー」

「いや、オイラぁオクスケだが……」

「あっ、ご、ごめんなさい！　まだ顔を覚えきれてなくって！」

「ま、まぁオークの顔なんて皆似たようなもんだしなぁ、ハハハ！……ハァ」

気まずそうに、少し諦めの入った笑いを上げるオーク。

「しかし助っ人《すけと》を呼んでくると言って半月以上、逃げたか盗賊に捕まっちまったかと思ってたぞ？」

「んだんだ。ちょっと行ってすぐに戻ってくるって言ってたしなぁ」

なにせ説得材料だと言って特産品のぶどうを使った大人の大好きなぶどうジュースまで持ってい

ったのだ。しかも女エルフとくれば、盗賊達の格好の獲物である。それが二十日以上音沙汰無しとなれば、最悪の事態も想定して然《しか》るべきだろう。

もっとも、吸血鬼《ラヴィ》とエルフ《ステリア》にとっては本当に『すぐ来た』と言ってもいい感覚だったのだが。

「アンタ達ツイてたわね。半月とかラヴィ達にしてみたら本当にちょっとなのよ？　普通に年単位じゃなかっただけマシよね」

「ええ？　そんなことないよラヴィちゃん。ラヴィちゃんが説得に応じてくれなくても、半年くらいで戻るつもりだったんだよ？」

「ほら。ステリアはこれ本気で言ってるからね。今後も関わるなら憶《おぼ》えておきなさい」

ラヴィがオーク達にそう言うと、オークはどこか納得したように顔を見合わせた。

「な、なるほど。さすが永久《とこしえ》の春と呼ばれるエルフなだけあるな」

「ずっと若くて美人だもんなぁ……」

「下手したらオラ達が生まれて大人になる時間もほんの数日感覚だったりして……」

どうやらオーク達もステリアの言動に心当たりがあった模様。いったい何をやらかしたのか……は、今は聞かないでおこう。

「それでそちらのお嬢さんは、ええと、ラヴィさん、でいいのか？」

「！」

ここでラヴィに話が振られ、今こそ練習した自己紹介のチャンスだとラヴィは確信する。

パチンと指を鳴らし己が影に潜む眷属を呼びながら、とっておきの自己紹介を――

「我こそは、千年を生きる吸血鬼の真祖であり始祖である！　崇め、怯え、奉れ……って、あら？　眷属達？　どうして出てこないの眷属達――!?」

――しかし、眷属は来なかった！

……影を覗《のぞ》き込めば、眷属達はラヴィの影の中でぐだぐだと横になっていた。

「ラヴィ様ぁ、眠いです」

「お外まだ明るくて出たくないです」

「すやぁー」

蝙蝠は夜行性だった。そして今はまだお昼。いい子眷属はおねむの時間だった。

「こ、これだから子供の眷属はっ！　ラヴィだってお日様が明るいのガマンしてるのに……いいわよもう！　ぐっすりスヤスヤ寝てとっとと大きくなりなさい、そしてラヴィの名乗りについてこれるようになりなさいよねッ！」

ふんっ！　と地団駄を踏みつつラヴィはそっと影を閉じた。

尚《なお》、影の中に潜んでいる蝙蝠達が見えないオーク達にとってはタダの怪しい少女にしか見えない。

一応、察しのいいオークは影の中に使い魔か何かが居るんだな、とは理解してくれたようだが。

「ともあれオーク共。ラヴィの事はラヴィ様と呼びなさい。従うなら下僕にしてあげてもいいわよ？」

「へ、へぇ。わかっただだラヴィ様」

素直なオークに、ラヴィは大変満足してふんぞり返った。

「……ステリアさん、この子大丈夫だか？」

「大丈夫大丈夫。こう見えてラヴィちゃんとーっても強いんだから！」

「ステリアさんがそう言うならまぁ」

「ステリアさん程強い人がそう言うなら」

どうやらステリアは武力面で一定の信頼を得ている模様。

「まぁ、その、なんだ。こんな村によう来なすったな」

「今ぁ色々と大変だが、ゆっくりしてってけれ」

「頼りにして……いいだか？　期待してるでな、ラヴィ様」

「ラヴィはステリアの頼みだからわざわざ来てあげたのよ、感謝しなさい。……それはそうと、昼間はダルいしせめて屋根のある所に行きたいんだけど。あとぶどうジュースも出しなさいよね」

「おお、申し訳ない客人！　すぐ村長の家に案内するだよ！」

さりげない要求を加えつつ、ラヴィはオークに村長の家まで案内させた。

「こちらが村長の家ですだ……村長ー！　ステリアさんが客人連れてきたどー！」

村長の家は、他の家屋と同じように木造りであったが、一際大きく立派な建物だった。

正直、ラヴィの住むルーナ・プレーナ城よりよっぽど雨風がしのげそうである。

「ふ、ふーん。まぁまぁじゃない？　ウチの城よりは小さいけど！」

「ラヴィちゃんのお城、大きいもんね」

と、ここで村長オークが中から扉を開けた。他と比べて身体の小さい老オークで、白い髭《ひげ》が生えている。小さいと言ってもラヴィよりは少し背が高い。

「アンタが村長かしら？」

「よう来なすった。そのとおりワシが村長ですじゃ。まま、汚い所じゃがどうぞどうぞ」

迎え入れられ、家の中に入る。

汚いと言ってはいたが、普通に片付いており、木でできたテーブルや椅子があった。ロッキングチェアーまである。よく見ればどれもドワーフ製の中々いい品のようだ。

「ああ、こちらは妻の親戚のドワーフ達から頂いた品ですじゃ」

「そうね。そういえば、美味しいぶどうジュースも作ってるらしいじゃない？」

「ええ。ええ。森の恵みのおかげですじゃな。おかげで我々は他の種族とも共存して暮らせていますのじゃ」

ラヴィがちらりと見た先には、セラーがあった。ボトルに入ったぶどうジュースが横向きに置かれている。きっと美味しいぶどうジュースをたんまり貯《た》め込んでいるに違いない。

テーブルに着くと、村長の妻、ドワーフの女性がお茶を出してくれた。どうやら本当に異種婚しているらしい。

「ですが、最近、この村を人間の盗賊が狙っているようでしてな。既に小さい被害が出ておりまして……」

と、早速本題に入るようだ。

「備蓄食料や畑の作物が奪われたりしております。森に入るのも警戒が要る状態ですじゃ。幸い、まだ誰かが攫《さら》われたとかいう話はないですが」

「ええ、ステリアから聞いたわ。ラヴィのぶどうジュースを横からかっさらおうだなんて、すごくふてぶてしい盗賊共ね」

「ラヴィちゃん？　ラヴィちゃんのじゃないよ？　この村のだよ？」

「細かい事は気にしないでよステリア。それで、ラヴィがブッ飛ばせばいい連中はどこにいるのかしら？」

「おお、頼もしいですじゃ。ラヴィ様、どうかこの村を盗賊の魔の手から救ってくだされ！　よろしくお願いしますじゃ！」

そう言って頭を下げる村長オーク。

「……とはいえ、盗賊の連中はどうにもコソコソと隠れていましてな、恐らく森のどこかに、ということしか分かっておりませんのじゃ」

「なら森ごと消してしまえばいいんじゃないかしら」

「ダメだよラヴィちゃん。森が無くなったらぶどうも採れなくなっちゃうよ？」

「む、それは大変ね。やっぱなし。仕方ないけど地道に探すしかないわね」

本気を出せば森のひとつやふたつ軽く吹き飛ばせるはずだが、ぶどうが、ぶどうジュースが手に入らなくなってしまってはラヴィとしても大損だ。

「……ちょっとまって？　一匹見つけたらそいつに案内させればいいわけだから、一匹だけ探して捕まえればいいじゃないの！」

「おお！　さすがラヴィちゃん、名案だね！」

「そうときまれば、今夜から探してみてあげるわ」


その後、村長夫妻から歓待を受け、日の明るいうちからぶどうジュースもご馳走《ちそう》になり、すっかりラヴィは上機嫌になった。

しかし、ラヴィ好みの甘くないぶどうジュースは飲めば眠くもなる代物でもある。ラヴィは大丈夫だったのだが、ステリアはすっかり赤い顔で眠そうであった。

「……ふぁぁ……眠くなっちゃった……ベッドいこー……？」

「ちょっとステリア。抱き着かないで、重いでしょ」

「あー、ウチにおいでよラヴィちゃん。歓迎するよー……ふぁあぁぁ」

ステリアがこの調子では介抱が必要だ。今日はお開きにした方が良いだろう。

「そーね、ステリアもこの村に家があるんだったっけ。お邪魔するわ。案内できるかしら？」

「わーい、ラヴィちゃんお持ち帰りだねー。添い寝してあげるよぅ」

「ステリアってば大きいんだから一緒に寝たら狭いじゃないの」

ひょい、とラヴィはステリアを抱きかかえた。槍《ルー君》も忘れずにステリアに持たせておく。

「それじゃ村長、奥さん。またくるわね。ステリア、挨拶しなさい」

「ふぇー？　村長さーん、奥さーん。ばいばーい」

「うむ、またの、ラヴィ様、ステリアさん」

村長オークとその妻は小柄なラヴィが色々大きなステリアを軽々と抱きかかえる様を見て「なんか逆なのでは？」と感じつつも大人しく見送った。

「えへへ、ラヴィちゃーん。挨拶ちゃんとできたよぉー？」

「はいはい、よくできました」

「えへへー、なでなでー」

と、言いながらステリアはラヴィの頭を撫でた。

「なんでラヴィを撫でるのよ。絶対ステリアが撫でたかっただけでしょコレ」

「はぁー、ラヴィちゃんの髪の毛、さらさらで気持ちいいねぇー」

「ほら、帰るからちゃんと小屋まで案内しなさいよね」

ステリアはウトウトしながらもラヴィにぎゅっとしがみついて運ばれていった。

＊＊＊

夜も深まり、冷え込み始めた頃合い。ステリアの小屋にて、ラヴィは意識を取り戻した。

「……んんん……ふわぁぁ……」

外はまだ暗い。時間的には深夜と言って良いだろう。隣には肌着のステリアが添い寝していた。

ラヴィでなかったらイタズラされても文句は言えないだろう。……と思ったけれど、ちゃっかり愛槍ルー君を右腕に抱えていた。寝ながら怪我《けが》しないようにしっかりカバーがかけられている。

「あー……介抱しながら一緒にぐっすり寝ちゃったわね……まだ眠いし、もうひと眠りしようかしら」

あたりは暗くシンと静まり返っており、どこか遠くで木々が揺れる音が微《かす》かに聞こえる程度だ。

だが、ふと不審な気配を感じ取ったラヴィは、バッと上体を起こした。

「んん？　このカンジは……」

暗闇の中、ラヴィは村の外に眷属を飛ばす。夜は蝙蝠の目が良く見える。そして、その視界に映ったのは複数の人影。それも明らかに友好的ではない物々しい気配だ。

「ああ、盗賊ね。いいタイミングじゃないの、探す手間が省けたわ」

ラヴィはぺろりと唇を舐《な》めた。眷属にはそのまま監視をさせておく。

「運が悪い盗賊達ね。あと一日早ければ完璧な夜襲ができただろうに……いや、この場合はラヴィ達の運が良いと言うべきかしらね？」

ふふん、と得意げに笑うラヴィ。そして、隣で無防備に眠る——槍《ルー君》を抱えてはいるが——ステリアの肩を揺らして起こす。

「起きなさいステリア」

「んぁ……ラヴィちゃん、目が覚めちゃった？　ぎゅーってしてあげるからおいでー」

寝ぼけながらラヴィを抱擁しベッドに誘おうとするステリア。そのホクロのワンポイントがある双丘に誘いこまれそうになるも、手を押しのけて躱《かわ》し、ラヴィはその頭にチョップした。

「あだっ。なぁにラヴィちゃん。ご機嫌ナナメなの？」

「違うわよステリア。盗賊よ。盗賊が来てるの」

ラヴィがそう告げると、ステリアは頭をさすりながらキョトンと首を傾《かし》げた。

「え？　盗賊さんってこれから探すんじゃなかったっけ？」

「あっちから来てくれたみたいね」

「そうなんだぁ。それは、手間が省けたねぇ」

自分と同じ感想を抱くステリアに、やれやれとラヴィは肩をすくめた。

「ラヴィとしては、半月くらいステリアと村暮らししてみるのもよかったんだけど、盗賊が来たからにはもういいわよね？」

「え！　それは楽しそうだね！　盗賊さんを退治したら一年くらいのんびりしようよ」

「生憎《あいにく》、ラヴィには眷属達の面倒をみないといけない義務があるのよ。ルーナ・プレーナ城の主としてね」

言いながら、ラヴィは多数の蝙蝠に姿を変え、小屋の外に出た。


一方で、盗賊達。ローブを被《かぶ》り森の中に潜む彼らは、各々の手には短刀や長剣、斧《おの》といった武器を持ち、いかにも悪そうな面構えをしている。そしてオーク達の集落を目前に舌なめずりをしていた。

「お頭《かしら》ぁ、本当にあんな村にお宝があるんですかい？　オークの村でしょ？　先遣隊が盗《と》ってきたんで食いモンはあるみたいっすけど」

「ああ。間違いねぇ。あの村はな、ドワーフが関与してるんだよ」

「ドワーフ！　そりゃあまた！」

人間である盗賊達にとって、異種族は奴隷狩りの対象――ではあるが、ドワーフだけは少し事情が異なる。彼らの作る武具は人間の鍛冶師が作るものより性能が良く、ドワーフだけは異種族にもかかわらず、少しだけ国としての交流があるのだ。このため、下手に手を出せば騎士団に付け狙われてしまうことがある。

「へへ、ここ数日、しっかりと狙いを定めて調べたからなぁ。農具なんかもドワーフ製らしい、高く売れるぜ？　それにオークだって生け捕れば労働奴隷にできる。村を制圧しちまえば、あとは一匹ずつ町に売り払いに行けばいい」

「しいて言えば、オークの女とかやる気が出ねぇんですが」

「その点も大丈夫だ。なんとこの村にエルフが住み着いてるって話でな。それも若い女エルフだ！」

「女エルフ！　そりゃあいいお宝だな！　オークにはもったいなさ過ぎる！」

「だろ？　人間様がしっかり活用してやらねぇとなぁ！」

いつまでも若々しいエルフは、人間達の間で奴隷として人気が高く、欲深い人間達はエルフを奴隷にするためにエルフ狩りを行っていた。その欲に際限はなく、しかしエルフは有限で、今はエルフは絶滅しかけた種族なのだ。そのため価格は天井知らず。エルフ一匹で——それも若い女ともなれば、山ほどの金貨と引き換えることができるのだ。盗賊団全員で十年は遊んで暮らせるのは間違いない。

「ああ、だから装備もこんだけバッチリ揃《そろ》えたんすね」

「エルフ一匹で何百倍にもなって元が取れるからな。当然だぜ」

「しかしお頭。エルフはともかく、ドワーフが関わってるとなると、えーと、ナントカジョーヤク？　違反ってぇのになりやせんかね？」

「お前そんな言葉どこで覚えたんだ？　だが大丈夫だ。俺達が襲うのはあくまでオークの村、『魔物の巣』なんだよ。だからあの村にあるドワーフの品を奪っても、オークが奪ったもんを俺らが人間の手に取り返したってコトで何の問題もねェのさ」

「なるほど！　さすがお頭、頭が良い！」

そもそもが盗賊という、他者から物を奪うことを生業《なりわい》としている彼らにとっては今更な話ではあるが、それでも自分達の行うことに対する『正当化』は働きに影響する。人は、悪い事よりも良い事の方がしやすい生き物である。悪事すら正当化して『良い事』にしてしまえば、なんの気負いもなく『仕事』ができる、というわけだ。

だから、こうして自分達は『正義』であると軽口をたたいてモチベーションを上げているわけだ。

……それを、蝙蝠に聞かれているとも知らず。

「（ろくでもない連中ね。ステリアも狙われてるっぽいし、さっさと片付けるか）」

ラヴィは蝙蝠を通じて見聞きし、そんな感想を抱く。


と、そこに月明りに輝く一閃《いっせん》。

「静寂の宝槍！　華槍《かそう》、イーリス！　砕けちゃえええええ!!」

ズガァアアアン!!　と、上空から槍を構えたステリアが降ってきて、地面ごと盗賊達を吹き飛ばす。華槍術イーリス。ステリアの必殺技だ。

「うわぁああ!? な、なんだ!?」

「おい! あれ見ろ、エルフだ!」

「ぐぐ……き、奇襲された!? てめぇら、敵襲だっ!」

吹き飛ばされつつも、盗賊達は立ち上がりステリアを囲む。

「(ちょっとちょっとステリア!? こいつらはアンタ狙ってんのよ!? あーもう、普段は足が遅いくせに、華槍術を使ってる時だけ無駄に早い……!)」

ラヴィの心配をよそに、ステリアは宝槍を振り回す。

「いっくよー? 華槍術、プリムラッ!!」

「うぎゃあ!!」

「キュピピーンっと! 華槍、ラゲナリアッ!」

「ぐはぁああっ!」

ステリアが袈裟《けさ》切りに切り上げげに横薙《よこな》ぎにと自在に槍を振るうたび、盗賊達は一人また一人と斬られ、倒れ伏していく。圧倒的な技量の差。このままいけばステリア一人でも盗賊を撃退できるだろう。

だが現実はそう甘くない。

「火だ! お前ら、松明《たいまつ》を持てっ! 油を撒《ま》いて火を付けろっ!」

エルフの弱点は火。奴隷狩りを生業とする盗賊達は、それを熟知していた。獲物にエルフがいると分かった時点で準備もしていた。山火事になろうと知ったことかと、盗賊達は松明を灯《とも》し、森を燃やす。

「ゲッヘッへ、エルフは火には近づけねえだろっ！」

「そんな攻撃効かな……い、よ……えっ……？」

と、一瞬に強がったステリアだが、本人の意志とは無関係に、脳内にかつての記憶がフラッシュバックする。奴隷狩りにステリアの故郷が焼かれた忌まわしい光景。血まみれの、ステリアに似たエルフの少年。

「ル……う……あっ……」

その凄惨な記憶《トラウマ》がステリアの足を止める。

「情報通りだ、エルフは火には弱い！　今だ、捕まえろ!!」

盗賊達が松明を手に動けないステリアに襲い掛かる——

「眷属達っ！　ステリアを逃がしなさいっ！」

が、そこにラヴィが割り込んだ。眷属の蝙蝠達がバサバサッ！　とステリアを覆い隠し、後方へと運ぶ。

「なンだテメェ……ガキが仕事の邪魔すんじゃねぇよ！」

「いやいやまてよ。吸血鬼か？　ハハッ、ガキの吸血鬼とは傑作だな。吸血鬼はレア種族だから買い手も多い。ガキなのは減点要素だが、まぁーいい値がつくだろう」

吸血鬼のラヴィを前に、金勘定。

「……本物のクズみたいね」

「クズ？　ハハハ！　俺らは商人さ。商品を仕入れて何が悪い？　大人しくあの上玉エルフを差し出すなら見逃してやってもいいぜ？」

「ラヴィがステリアを見捨てる？　そんな事、するわけないでしょ」

「なんだ？　大事な大事なオトモダチですぅーってか？　くく、ママのオッパイの代わりにあのデカいのを吸わせてもらってんのかい、羨ましいねぇ」

「――安い挑発ね」

と、ラヴィは指を鳴らす。パチンという音と共に、ラヴィの後ろに回り込もうとしていた盗賊が衝撃に飛ばされ、火にまみれた地面に転がされる。

「あっちぃ！　くそっ！」

「見え見えよ？　夜の支配者たる我《ワレ》の目から、その程度の隠密《おんみつ》技で逃れられるはずないじゃない。そもそも、自分たちで付けた火でしょ」

「ガキが生意気なんだよ！……まぁいい、まずはオマエを捕まえる！　その後はエルフだ！……そうだ、あのエルフをお前の目の前でいたぶってやるぞ！」

「は？」

その言葉にラヴィは眉をひそめる。

「お前にあのエルフと俺達が仲良くしてるところを見せつけてやるってんだよ！　なぁに、商品価値を下げずに楽しむ方法はいくらでもあるからよぉ、楽しんだらキチッと売りさばいてやるよ！　セットでなぁ！」

この期に及んで、ステリアに手を出そうというのだ。しかも、見せしめにするという。ステリアを、大事な友達を、だ。

言葉を発さずプルプル震えているラヴィに、盗賊達は挑発が効いていると思い調子に乗ってラヴィを包囲しつつさらに言葉を続ける。

「そうだ、あの女はペットとして高く売れそうだし、芸を教え込まねぇとな！」

「お手におかわり、チンチンってなぁ！」

「ギャハハ！　そりゃいい！　俺らの言うことに従うまで、松明で囲んで土下座させ続けてやろうぜ！」

限界を超えた。そう、実際に挑発は効いていた。効き過ぎていた。

故に、ラヴィは静かにブチ切れた。

「……ラヴィを怒らせたな」

ぎゅ、と拳を握りしめるラヴィ。

盗賊達が動かずに立っていたラヴィを取り囲み、優位を取ったと余裕の笑みを浮かべる。

「お前を怒らせたら、なんだってんだ？　ママを紹介してくれんのか？　お？」

「目障りだ、死ね」

そう言って何かを投げ捨てるかのように右手を振る。直後、ラヴィを包囲していた盗賊の手下達が、一斉にばた、ぱた、と倒れていく。

「おい、何寝てるんだ！　早く起きろッ」

声を荒げる盗賊の頭。しかし、手下達は起き上がらない。

「テメェ!?　なにしやがった!!」

「簡単な話よ。血を、止めた」

ニィ、と口端を上げて笑うラヴィ。倒れた盗賊は、既にこと切れている。

吸血鬼は血を操る。大した魔力抵抗も、護符のひとつもない相手なら、頭に流れる血をせき止めてやるだけで、頭の中で血を止めて血管を破裂させるだけで、アッサリと殺せる。

「ち、血を……？　なんだそりゃ、こ、このバケモンがぁ……！」

「その通り、化け物だけど？」

「くそっ！　くそっ!!」

盗賊の頭は、倒れた仲間達を見捨てて逃げ出そうとした。もっとも倒れている連中は既に手遅れなので正しい判断ではあるが——既に、手遅れだ。

「逃がさない」

「うわぁあ！　やめ、やめてくれっ！」

蝙蝠が足元からバサバサと飛び上がり、盗賊の頭は足を止める。ラヴィは盗賊の頭を一瞥《いちべつ》し、きゅっと、血の流れを絞った。

「なっ、なんだこれ……力が……目が……」

「人間風情が吸血鬼に勝てるわけないだろう？……我を怒らせた。それがお前の敗因よ」

「あっ……が……」

そして意識が混濁して足から崩れるように倒れ――盗賊の頭はそのまま息を引き取った。


パチパチと燃える火だけが音を奏でる森の中、ラヴィはふぅと息を吐いて立ちつくす。

「……しまった、簡単に殺しちゃったわ。……まぁいいか。実際まだ何もしてなかったしこのくらいで許してあげる。……きゅふふっ、ごちそーさま」

影の中から眷属達が現れ、死体を片付ける。……死にたてホヤホヤの人間の死体は、まぁこんな盗賊のものでも、血を採ったりモンスターの餌にするなり、使い道がそこそこあるのだ。最悪、埋めて肥料にしてもいい。……一応オーク達にちゃんと倒したと説明するために頭だけは残しておこう。

「って、消火しなきゃ！　ああ、水は苦手なのにぃ!!」

火をつけた盗賊達に責任をとらせようにも、死んだ人間相手にそれは無理である。このままでは山火事になってしまう。

ああもう、厄介ね！　と愚痴るラヴィのもとに、武装したオーク達が現れた。

「おーい、無事け!?　盗賊共は!?」

「！　オーク達!!　無事よ、盗賊共は片付けたわ。だからこの火を早く何とか消してぇ!!」

幸い、オーク達の懸命な消火活動の結果、それ以上燃え広がることはなかった。

こうしてオークの村を狙っていた脅威は去り、平和が訪れた。

＊＊＊

そして翌朝。ステリアの小屋のベッドで眠っていたラヴィを、ステリアが起こして謝罪する。

「うう、ごめんねラヴィちゃん。盗賊さん達に突っ込んでいったところまでは覚えてるんだけど……」

……そんなことより寝かせてくれないかしら？　という言葉は呑《の》み込んだ。

ステリアはラヴィの眷属達が小屋まで運んでいたが、途中から記憶がさっぱり無くなっていた。

ただ、盗賊達にやられたことだけは覚えている模様。「やれやれ、まったく仕方がない子ね」とステリアの無事な様子に笑みを浮かべつつ、小さくため息をつくラヴィ。

「気にしなくていいわよ。あんなザコザコ盗賊共、最強無敵のラヴィにかかればなんてことない相手だったもの。指先ひとつでダウンよ」

「さっすがラヴィちゃんだね！」

ステリアはラヴィをぎゅっと抱きしめた。ラヴィは埋もれた。

「〰〰ッ、っぷは！　息ができないじゃないの！　ったく、加減しなさいよね!?」

「あはは。ごめんごめん。でもラヴィちゃんのおかげでオークさん達も大助かりだよ」

「きゅふふん、当然よ」

胸を張り、羽がぱたぱたと得意げなラヴィ。

「それはそうと、報酬はちゃんと貰《もら》えるんでしょうね？　ぶどうジュース五本。そのためにラヴィはこの村まで来たんだから」

「うん！　村長さんから預かってるよ！」

と、バスケットに入った五本のぶどうジュースをステリアは差し出す。

「きゅはっ、これよこれ！　このご褒美が欲しかったのよ！　ありがとステリア、早速一本開けちゃう？」

「それもいいけど、今日はオークさん達が盗賊撃退記念にお祭りをしてくれるんだって」

「お祭り？　それってもちろん、ぶどうジュースは出るのよね？」

「もちろんだよ！」

ステリアはラヴィの手を引き、小屋の外に出た。

その日、村は久しぶりの平和を味わっていた。

襲撃の恐怖から解放され、オーク達は安堵《あんど》と喜びに包まれている。中心にある村広場にはテーブルが並べられ、その上には更にご馳走が並んでいた。焼いた川魚や、色とりどりの野菜をカットしたサラダ、ソースの掛かった肉団子、クリームシチュー、森で採れたぶどうなどの果物、豚の丸焼きもある。オークって本当に豚食うのね、とラヴィは目を細めた。

楽器を演奏している者も居て、陽気な音楽が流れている。バイオリンを弾いているのは意外にも村長だった。ドワーフの奥さんに習ったらしい。その奥さんは太鼓をリズミカルに叩いていたが。

ワイワイと騒がしいオーク達は、みな笑顔だった。

「おお！　ラヴィ様じゃ！」

「ラヴィ様ー！　ありがとーぅ！」

「村の恩人、大恩人ラヴィ様――！」

ラヴィに気が付いて褒《ほ》め称《たた》えるオーク達。拍手に指笛、歓声が上がった。

「うむ、苦しゅうないわ。その調子でラヴィを褒め称えなさい、きゅははっ！」

ラヴィも軽く顎を上げて鼻高々だ。

「夜の支配者！　救世主ラヴィ様ー！」

「可愛くてしかも最強ー！」

「オラの子を産んでくれー！」

　最後のヤツは無視しつつ、ラヴィはすっかり上機嫌になった。案内されるがままに席に座る。いわゆるお誕生日席と呼ばれる最上位の上座だ。隣にはステリアが座った。

「ささ、まずは駆けつけ一杯」

「お、分かってるじゃないの。そうそうこれよこれ、ぶどうジュース――ラヴィ、このためにこの村に来てやったんだからね」

　木のジョッキにトクトクと注がれる赤い液体。ふわりとフルーティーな香りが鼻を抜ける……どこか草っぽい匂いに「ん？」と違和感を感じつつもジョッキに口を付けてくいっと呷《あお》れば――

「ぶぁああ!?　……こ、これトマトジュースじゃない！」

　盛大にトマトジュースを吹き出した。

　ひっくり返りそうになるところをなんとか堪《こら》える。

「はい！　村の畑で採れた自慢の特産品、フルーツトマトのジュースでございますだ！」

「トマトは大っ嫌いなのよ！　ぺっぺ、甘っ、口の中あっまっ！」

「え!?　こんな美味しいのに!?」

「ラヴィは甘いの嫌いなの！　口直しにぶどうジュース持ってきなさい、ぶどうジュース!!　辛口のやつよ!!」

「た、ただちにぃ！」

オークの若者が走っていった。

「っはー、酷《ひど》い目にあったわ」

「ラヴィちゃん、好き嫌い多いもんねぇ。だから小さいのかな？」

「小さいのに吸血鬼で不老不死だから成長しないだけよ。そもそもラヴィは血を飲んどけば十分なんだから、野菜食べろとか言われても絶対食べないわよ。……ほら、残ったのステリアにあげるわ」

「わ、ありがとうラヴィちゃん」

一口分減ったトマトジュースを、ステリアは美味しそうに飲み干した。

今度はラヴィの前に皿が置かれる。鉄板の皿で、その上にはステーキが載っていた。

「すんませんっしたラヴィ様。お詫《わ》びと言っては何やが、こちらをどうぞ」

「あら。美味しそうなお肉じゃないの。そうそうこういうのでいいのよ」

どこからともなくナイフとフォークを取り出し、ラヴィはお肉を切り分ける。中までしっかり熱が通っているが、しっかりとした赤さの残る、ラヴィ好みのレアステーキだった。

「ラヴィ様は吸血鬼っちゅーことで、サッと表面だけ焼いて生焼けにしておきましただ」

「……って、レアステーキは好きだけど、これ豚肉じゃあないわよね？　豚肉はしっかり火を通さないとお腹《なか》壊すわよ？」

一応、ちゃんとしたシェフが調理したステーキであれば豚肉のレアステーキでもしっかり火が通っているので食べられるが、この村でそんな繊細な料理を期待できるだろうか。いやできない。だってオークだもの。

「え？　最強なのに豚肉で腹ぁ壊すんですか？」

「壊すわよ！　悪食《あくじき》なオークと一緒にしないでくれる!?」

ラヴィは豚のレアステーキを突っ返した。種族の違いとは如何《いかん》ともしがたい差である。食生活については特にそうだと体感せざるを得ない。

「ラヴィさまー」

「ん？　なによ子オーク。ラヴィに何か用があるの？」

「けっこんしてください！　オラの子をうんで！」

と、ラヴィに一輪の花を差し出す子オーク。

「わぁ！　ラヴィちゃんモテモテだね！」

「嬉しくないわよ。ラヴィはオークに興味はないの、諦めなさいガキんちょ」

しゅん、としょぼくれる子オークだったが、せめてこれだけは、と花を置いていった。

「やれやれ、カワイイのは罪かしら？」

「あ。そのお花、お薬になるよ。薬草だね」

「へー、どんなお薬になるの？」

「滋養強壮のお薬だね！　オークさん達の必需品で、色々と元気になるんだって」

「……それってつまり媚薬《びやく》ってこと？」

「びやく？」

ラヴィはあえて答えなかった。知らないならそれでいい。

「きゅふふ、マセガキね。……それにしてもステリアはこの村に永住するのかしら？」

「んー、それはどうしようかなぁって……」

盗賊達はエルフも狙って準備していた。つまり、ここはエルフにとって完全に安全な場所というわけではない。

今回はラヴィが居たから誰も傷つかずに済んだが、ルーナ・プレーナ城からもそれなりに距離があるこの村は、いつでもラヴィが駆け付けられるわけでもない。

「候補のひとつとしては考えておくけど、もう少し探してみるよ」

「そうね。時間はたっぷりあるんだし、それでいいんじゃない？」

今回もそうなったか、とラヴィは肩をすくめた。

今までもこうして『候補』に上がった集落はあったし、その候補もステリアが旅をしている間に消えたりもしている。この調子ではいつまで経《た》っても決まらないだろうとは思うが、それはそれでステリアの生き方である。ラヴィはそこに干渉する気はあまりなかった。

「……ま、ステリアが寂しくてどうしようもないって泣いて縋《すが》るならウチに何年か泊まらせてあげてもいいわ。手土産は忘れずにね」

「そうだね。その時はルー君とお世話になるよ」

そう言ってステリアは愛槍《ルー君》にちゅっと口付けした。……それを見ていたオークが何人か前かがみになっている。ラヴィは後であいつら殴っとこうと心に決めた。

こうして、ラヴィ達は人間の脅威からオークの村を救った。とはいえ、これは特別な事というわけでもない。人間が異種族を襲うのは日常茶飯事だし、ラヴィ達が人間と事を構えるのもよくある事。

これは、そんな日常の一片のお話である。

尚、宴《うたげ》の最中、発情したオークがステリアを襲ってきたのでラヴィが遠慮なくボコボコにして踏みつけた。

「きゅはは！　情けないザコ豚が、ステリアに手を出そうとか百年早いのよ！」

「も、もっと踏んでけろー！　あひんっ」

「ざぁこざぁこ。ステリア、やっぱこの村候補に入れるのやめた方が良いんじゃない？」

「う、うーん。そうだねぇ。普通のエルフがオークさんに襲われたら困るもんね？」

「すみませんすみません！　ウチの村のバカが！」

村長は平謝りだったが、ステリアのエルフ安住の地候補からはしっかり消えていた。

第二章　遊園地を作ろう

その日は、灰色の厚い雲が空一面を覆い尽くした曇天であった。

風は強くなく、適度な温度と湿度が肌に伝わり不快感はないものの、昼間でも明かりが欲しくなるほどの暗さであった。時折、遠くで雷鳴が響き、やがてポツポツと雨が降り始め、ルーナ・プレーナ城の外壁を濡《ぬ》らす。

吸血鬼のラヴィにとっては、曇りまではむしろ過ごしやすい『いい天気』だったが、雨が降るとそうも言っていられない。吸血鬼は意外と弱点の多い種族で、例えば心臓に杭《くい》を打ち込まれれば死ぬ――これは大抵の生物は死ぬとは思う――から始まり、ニンニクや聖なるシンボルがダメというものもある。いくつかは嘘《うそ》っぱちではあるが、その中の一つに、流水を超えられない、などもあった。

「……っはぁー、濡れるの嫌だから今日は城の中でまったりしておこっと」

――流れる水を本能的に忌避してしまうものの実際は泳げない程度なのだが、ラヴィはこれを言い訳として雨の日はグータラすることに決めていた。雨の日だろうと、ラヴィは優雅に過ごすのだ。

「違うんです、お城の中に雨が降ってるんですよぅ！」

えっ、とラヴィは口を開けた。

「……雨漏りしてるってコト!?」

「あ！　そうそれです！　雨漏りです！」

「大変じゃないの!!　それを早く言いなさいよっ!!」

ラヴィは眷属の蝙蝠を両手でがしっと捕まえて部屋を飛び出る。ルーナ・プレーナはこまめに手を入れているとはいえ廃城で、端的に言えばボロボロだ。雨漏りのひとつやふたつ、してもおかしくない。

だが流水を忌避してしまう吸血鬼にとって「家が雨漏りなんてストレスゲージがマッハでＭＡＸになっちゃうわよ!!」である。

「どこどこ、どこで雨漏りしてんの!?」

「あっちです、玉座の間！　もうザーザー降ってます！」

よりにもよって一番大事な所じゃないの！　とラヴィは急ぐ。そしてたどり着いた玉座の間では……ひとつやふたつどころではなく、そこかしこで天井の石レンガのスキマから何ヶ所《かしょ》も雨が垂れ落ちていた。

「にびゃ――！　な、なんてことっ！　眷属達《たち》！　雨漏りを止めなさい!!」

自身の影から蝙蝠を呼び出して止めさせようとするも、焼け石に水。蝙蝠達は雨漏りをしている箇所に飛びつき身体を張って止めようとするがその程度ではどうしようもなく、室内にもかかわらず雨が降り続ける事態。

「気合よ、気合で何とかするのよっ！」

「ラヴィ様、限界ですぅ！」

「コレ無理です、ちゃんと修理しましょうよぉ！」

「修理も何も、雨は今降ってるのよ!?　そもそも蝙蝠の手でどうやって修理すんのっ」

その時、大きな風が吹いた。ゴゴッ、ベキッという嫌な音がする。

「ら、ラヴィ様。……天井が……！」

「な、な、な……空が見えちゃってるじゃないのぉおお――――!!」

天井の一部が吹き飛ばされ、玉座の間はいよいよ荒天に晒《さら》される。

「あばばばば……っ、ぎょ、玉座だけでも守るのよ、アンタたちぃ！」

「ラヴィ様！　防水布もってきましたぁ！　って、天井がないぃ!?」

「で、でかしたわ！　それ玉座にかけて！　早くっ!!」

ギリギリで、大事な大事な玉座だけはと必死に雨から守るラヴィ達。

「ぎゃー！　吹き飛ばされちゃいますラヴィ様ぁ！」

「け、眷属ぅ――――!!」

ぐぉん、とひときわ大きい風が吹き、眷属の数匹が風で吹き飛ばされる。あとで喚《よ》び直せばちゃんと帰ってこられるが、今はどうしようもない。

「ラヴィ様、今の風で天井の穴が……！」

「く、くぅ、何とか持ちこたえてよ、ルーナ・プレーナ……！」

カッ、ズグウン!! と雷が落ちる音。結構近い、とラヴィは震える。もし雷が今の城に落ちたら？ 城がガラガラと崩壊してしまうのではないか？ 雨が降り注ぐ玉座の間で、ラヴィはかつてないほどに戦慄した。

「と、とにかく防水布！ ありったけの防水布と、えっと、釘《くぎ》？ 金づち？ 持ってきて穴を塞ぐのよ！ 木の板とか打ち付けたり!!」

「了解ですラヴィ様ぁー！」

「ラヴィ様大変です、僕らの手じゃ金づちが持てません！」

「あああもおお！ ラヴィがやるからコッチをお願い……あばばばばっ、雨ぇえええ！」

「あー！ ラヴィ様ダメそこ違いますっ！ ああ――っ！ 崩れちゃう!!」

半泣きのラヴィの号令で、ラヴィと眷属達は悪天候のルーナ・プレーナ城内を奔走した。

……激闘の一晩が明けるとともに、ようやっと雨が上がった。

「雨……もういやぁ……」

雨に打たれ続け、びっしょりぐったりとなっているラヴィと眷属達。穴の開いた天井からは、日が差し込み始めていた。穴は心なしか、いや、確実に大きくなっていた。素人が無理矢理《むりやり》石の建材に釘を打ち付けたせいで、逆にボロッと崩してしまった、というのもある。

「……ラヴィ様、これ、流石《さすが》にまずいと思うんですけど」

「うぐぐ……そうね。ラヴィもそう思うわ……」

チリチリとした日差しを避けて日陰に移動するラヴィと眷属。

「アンタたちの中にこれ直せるヤツ、いる?」

「流石にちょっと……」

「直そうとした結果がこれですよラヴィ様ぁー」

「そう、よねぇ」

はぁぁー、とため息をつくラヴィ。

と、そこにたぷんと大きな胸を揺らしつつほんわかエルフ、ステリアが現れた。

「ラヴィちゃーん、遊びに来たよー!……って、あらら。どうしたのこれ? おっきな穴が開いちゃってるねぇ」

「す、ステリア!……助けてぇ」

「え? え? どうしたのラヴィちゃん? ラヴィちゃんが私に助けてなんて珍しい。いいよ、なんでも言って!」

と、ステリアは胸元から取り出したタオルでラヴィの頭をわしわしと拭く。なんでも、と言われてラヴィはぐすん、と鼻を鳴らしつつ答える。

「お願いステリア、これ直して……太陽がまぶしいの!!」

「うーん、さすがに私一人じゃ難しいなぁ。ノームさんに頼む？　紹介するよ？」

「……うん」

ステリアによしよしされつつ、ラヴィは頷《うなず》いた。

＊＊＊

翌日から早速ルーナ・プレーナ城の修理工事が開始された。

「はーい、オーライオーライ……ストーップ」

木で作り上げたクレーンで、穴の開いた城に建材を運び入れる。滑車を動かすのはゴーレム達。

四大精霊《エレメントフェアリー》の土担当ことノームの眷属だ。そして運び入れられた石レンガや木材は施工管理者にして現場監督であるノームによって厳重にチェックされる。少女のような外見に反した鋭い眼光は、まさに職人であった。

「よし、問題なし。みんな、並べて」

ノームが細かい作業をする小型のゴーレムに命じると、瞬く間に整列したレンガが城に組み込まれていく。レンガ同士がピトッとくっつくのはノームの建築魔法によるもの。これにより本来ありえない速度で工事が進む。

「どうかしらノーム、作業は進んでる？」

「ひゃっ、ラ、ラヴィ様！　えへへ、ええ、順調です」

穴の開いた天井からの日差しを日傘で避《よ》けつつ、ラヴィはノームに声をかける。突然声をかけられて、ノームはビクッと震えつつ振り向いて答えた。普段穴倉でぼっち生活を送っているせいか、目線はラヴィから逸《そ》らしつつ、慣れない引きつった愛想笑いを浮かべている。これで一応お客様向けのよそ行きの顔らしい。先ほどの職人気質《かたぎ》な顔とは大違いだが「これはこれでカワイイからアリね。ギャップ萌《も》え？　ってやつかしら」とラヴィは評価していた。

「こ、この調子なら明後日《あさって》には工事完了しますね。あ、元よりも頑丈にしますよ？　雨漏りもバッチリ修繕です」

言葉とは裏腹に自信なさげに目をキョロキョロさせているノームだが、その腕は確かだ。石造りの城であるルーナ・プレーナ城と、土や石を操るノームは非常に相性がいい。

「そんなすぐできるのね。助かるわ」

「いや、いや、今回は特別ですって。基礎がしっかり無事だったのと、石レンガの予備が沢山あったのが大きいです。さすが千年経《た》っても形を保っているだけのことはありますねぇ、えへへ……」

当時の施工がよほど優秀だったんでしょう、と城を褒めるノーム。

「当然よ。ラヴィのお城なんだから。……にしても」

褒められて気分を良くしつつも、忌々しく天井の穴を睨《にら》むラヴィ。先日雨が降り注いだあの穴は、今は日光が差し込んでいる。

「……あの穴、できる限り早く塞いでね？　この部屋はこのお城でも特に大事な部屋なんだから」

「りょ、了解です。最優先で塞いどきますね。えへ、えへへ」

「二度と穴が開かないようにしてね。それにしても……」

そんなすぐに、工事が終わるのかとラヴィは考える。微笑水晶《ニコニコクリスタル》で見たドーガ《動画》の中に、ノームの建築魔法のようにブロックをぺたぺたとくっ付けるだけで建物が完成していくものがあった。

あれ、再現できるんじゃないかな。

「……」

「ど、どうしましたか？」

「ああいや。折角《せっかく》だし、イマドキの城にリフォーム、なんてどうかなって考えてたのよ」

「え、と？　イマドキの城、ですか？」

「ええ。最近のお城は、いろんな遊戯施設がくっついているもんなのよ」

ラヴィは微笑水晶《ニコニコクリスタル》で見た『イマドキの城』を思い出しつつ、ノームに説明する。

「城どころか城下町も併せて、テーマパークっていうのになってるの。ひとつのコンセプトに沿って、色々と面白く楽しい施設やギミックがあるのがイマドキの城らしいわ！　別名を遊園地というらしいわね。遊びに満ちた庭園という意味の言葉よ！」

「……魔王城、みたいな、感じでしょうかね？」

「うーん、だいたい合ってるわ。魔王ラヴィを名乗るのも一興か……世界の半分をくれてやろう！みたいな？」

勇者達を迎え撃つ、というのもアリかもしれない。とラヴィは思う。

「ちなみに、そういうオモシロ施設付きだとどのくらいでできそうかしら？」

「え、えっと。今回の工事と合わせて……た、たぶん二週間くらいはかかりますよ？　えへへ……」

「そっかそっか。そんなに早く作れるのね？　有能じゃないのノームってば。伊達《だて》に四大精霊《エレメントフェアリー》は名乗ってないわね！」

ラヴィはニヤリと口角を上げた。

「じゃあ折角だし、お願いしようかしら！」

「え。本気ですか？……あ、いえ、作れと言われたら作りますけど」

「よろしく頼むわね！　設計についてはラヴィが後でまとめて届けるわ！」

ルーナ・プレーナ城は新たな姿に生まれ変わることになる。……生まれ変わることになってしまったのだ。

＊＊＊

そして、二週間後。ラヴィは生まれ変わったルーナ・プレーナ城の城門前に立ち、満足げにむふーっと鼻息を吐いた。

まず城のカラーリングが変わった。石材剥《む》き出しで灰色一色だった陰気な雰囲気から、タイルを貼りつけることにより白い壁に赤い屋根にしてガラリとイメージチェンジを果たした。もちろん城に開いた穴は完全に塞がっている。

色とりどりの三角形の旗を紐《ひも》でつなげたものが壁を彩り、賑《にぎ》やかさを演出。さらに所々には花も飾られている——生花だと手入れが面倒なので、石と塗料で作った造花ではあるが、ノームの超絶テクニックによって作られた造花は本物の花と見紛《みまが》う程の出来栄えだ。

永遠に枯れることのない花は悠久を生きるラヴィを象徴していると言っても良い。

眷属の蝙蝠達も白いベストを着て楽しそうにオシャレし、そして城門には『Ｗｅｌｃｏｍｅ《ようこそ》！』の看板を掲げ、閉鎖的だった恐ろしげな雰囲気はどこにも残っていなかった。

「よくやったわノーム。注文通りよ」

「え、えへへ。お褒めにあずかり恐悦至極……こちらこそ楽しい仕事でした」

ラヴィとノームは握手を交わした。この二週間、ラヴィが思いついた施設をノームが形にしていくという共同作業を続け、すっかり打ち解けた——気がする。多分。だといいなぁと思うラヴィ。

「ラヴィちゃーん、おうちの修理終わった？　そろそろだと思ってお祝いにぶどうジュース持ってきたよー」

「あらステリア。丁度いいところに来たわね！」

バスケットにぶどうジュースを入れて現れたステリアを、ラヴィは満面の笑みで出迎えた。

「まさにたった今完成したところよ。ラヴィの会心の新生ルーナ・プレーナ城が！」

ババーン、と城門を見せつける。

「おおー。遠くからも見えてたけど随分変えたんだねぇ。あれ？　でも頼んだのって雨漏りの修理だけじゃなかったっけ？」

「追加で改造してもらったの！　これでもう雨どころか雷だってへっちゃらぷーよ！」

「わわ、すごい。石のお花さんだ！　葉脈までしっかりあるなんて細かいねぇ。これノームさんが作ったの？」

「は、はい。ラヴィ様にご指導いただきまして……えへへ」

ノームも自分の作った作品を褒められ、照れつつもまんざらではなさそうに笑った。

「よし、それじゃあステリア！　アンタをこの新生ルーナ・プレーナ城のお客様として、お・も・て・な・し！　してあげるわ！　付いてきなさい！」

「案内してくれるんだね。ありがとうラヴィちゃん」

得意げに羽と尻尾を揺らしつつ、ラヴィとノームはステリアの前を歩いて入城門を潜《くぐ》り、最初の施設へと向かった。


城の中に入って、施設のある部屋に案内する。一階にあるその部屋、最初の施設には巨大なカップが置いてあった。地面に三個ずつ三セット並んだカップは、身長三mのサイクロプスが使うにしても大きすぎる。カップにはドアがついていた。

「ラヴィちゃん、このカップ、お茶を入れたらこぼれちゃわない？」

「そもそもこのカップは乗り物よ。さぁ乗ってみて？」

「あ、ホントだ。すごーい」

さぁさぁ、とステリアをカップに押し込み、座れるようになっていた内側にぽふんと座る。真ん中には小さな丸いテーブルがあり、そこでお茶をするのかなとステリアはテーブルを眺めた。ステリアの反対側にラヴィが座る。そっとノームも別のカップに座った。

「ノーム、お願い！」

「ふへっ、はい。ゴーレム、動かして」

ノームが動力源《ゴーレム》に声をかけると、ゴーレムが歯車を回し、カップが動き出した。

「わわっ、なにこれ！　ぐるんぐるんしてるよ!?」

「フッフッフ、これぞコーヒーカップっていうアトラクションよ！　凄《すご》いでしょ！」

コーヒーカップ。遊園地にある代表的アトラクションのひとつだ。どこをどうやったらカップの挙動が再現できるのかはラヴィには良くわからなかったが、ドーガ《動画》を見せたところノームが見事に再現してくれた。

「ひゃー、身体が投げ出されちゃいそうだよ！」

カップの内側にふんぞり返るように座るラヴィに対し、ステリアは思わず中央のテーブルを掴《つか》んだ。

「そのテーブルを回すと、もっとすごいわよ？」

「え？　こう？　ひゃ、わわわっ!?」

テーブルに力を入れたその瞬間、カップの回転がさらに早くなり、ぐわんと遠心力で身体がカップに押し付けられる。

「……ひゃっ、ぁぁう、わ、わぁ……」

「きゅははっ！　ステリアったらこの程度でビビッちゃったの？」

テーブルを掴んで固まるステリアを見て、足を組んで得意げに笑うラヴィ。

「だらしないわねー、そんなんじゃこの先まだまだあるアトラクションについていけないわ――よ？」

ぐぉん！　と更なる遠心力。ステリアがテーブルを回したのだ。

「ひゃっ!? きゅ、急に回さないでよビックリするじゃないの」

「……回すね？」

「え、あ、うん」

ステリアは更にテーブルを回す。回す。回す。それに伴い、ぐわん、ぐおん、ごぅん！ とカップも回転速度を上げていく。

「……」

「す、ステリア？ ちょ、ちょっと？ 回し過ぎじゃないかしら!?」

「……ねぇラヴィちゃん！ これ、すっごい楽しいね!?」

「ひゃあ!?」

ステリアは目をキラキラさせながら更に更にテーブルを回した。槍術《そうじゅつ》に長けたステリアが、本気でテーブルを回す——もはや、ラヴィ達のコーヒーカップは、そこだけ荒れ狂う海嘯《メイルシュトローム》よりも激しくブン回されていた。

「あはっ、あははははは！ すご————い!!」

「ちょ、すて、ステリア！ ストップ、スト————ップ!?」

「あはははっ！ あはははっ!!」

その後、ノームがゴーレムを止めてコーヒーカップが停止しても、ステリアはしばらくの間気付かずにカップを回し続け、ラヴィはすっかり目を回してフラフラになるのであった。

「……おげえええええ……ひ、ひどい目にあったわ……」

「ご、ごめんなさいラヴィちゃん。私、つい楽しくなっちゃって……」

「きゅふ、ふ、楽しんでもらえたならホストとして満足よ……うう、まだフラフラする」

立ち上がり歩こうとするもヨロヨロと真っすぐ歩けないラヴィ。最強の吸血鬼の三半規管をこれほどまでに痛めつけるとは、恐るべしコーヒーカップ。

「ノームも止めなさいよね……!?」

「す、すみません。でも無理やり止めたら壊れちゃうし……」

そう言われてしまってはラヴィも強く言えない。

「あ。ら、ラヴィ様。あの施設なら少し休憩できるんじゃないかな、と……」

「そ、そうねノーム。次はアレに行きましょうか。さぁ、付いてきなさい……あひゅう」

左右にグラグラ揺れながら、ラヴィは次のアトラクションにステリアを案内した。


「この部屋よ。……ステリア、開けてもらえる?」

「うん、任せてラヴィちゃん。よい、しょっと」

部屋の扉を開けると、そこにはステリアが居た。いや、よく見ればそれは鏡像。水晶ガラスと銀を使った透明度の高い鏡が、そこにあった。それも一枚や二枚ではない、部屋中にみっちりと貼られていて、ステリアの鏡像が何体もあった。

「わ。すごーい！　こんな綺麗な鏡、初めて見たよ！　私が何人もいるみたい！」

「ノームにかかればこの程度簡単だったわよ。ね？　ノーム」

「え、えへへ。はい。クリスタルも銀も、ボクの権能の範囲なので……」

逆に言えば、ノームでなければこれほどの大きく透明度の高い鏡を容易に揃《そろ》えることはできなかっただろう。

「というわけで、ここは鏡の間。ミラーハウスよ」

「ミラーハウス？」

「ええ。ミラーハウス。まぁ、これについては作ってみたのはいいんだけど、ちょっとこれ見てよステリア」

と、ラヴィがステリアの前に出る。しかし、ラヴィの鏡像は生まれず、鏡と鏡の間でもラヴィは一人しか現れない。

「あー。吸血鬼だもんねラヴィちゃん」

「そうなのよ。吸血鬼だから鏡に姿が映らないのよ！　ウカツだったわ……！」

それは吸血鬼の特性の一つだった。リフォーム前のルーナ・プレーナ城には鏡は一枚も残っていなかったので、ノームにミラーハウスを作ってもらうまでラヴィもすっかり忘れていた。

「というわけで、ここは自分の足で踏破する鏡の迷路になっているのよ！」

「おおー、迷路なんだ、じゃあ出口まで競争しようよラヴィちゃん」

「あら！　この迷路を作ったのはラヴィなのよ？　楽勝で勝っちゃうんだから……とはいえ、さっきのコーヒーカップで疲れたから先にステリアが挑戦しなさい」

「うん！　じゃあ行ってくるね！」

「ラヴィに勝てたらご褒美をあげるわ。精々頑張りなさい？」

最終的に出口はあっちだから、出てくるまでの時間を測っとくわ。とラヴィはステリアを見送る。


「……ふー、少し休めるわねぇ」

「ただいまー！　今戻ったよラヴィちゃん！」

ばーん、と出口の扉を開けてステリアが出てきた。

「早ッ!?　あれ!?　ステリア今日どうしたのよ、いつもなら一日くらい迷子になっててもおかしくないでしょ!?」

「だ、だって、少し恥ずかしくて……私がいっぱいいるんだよ!?」

最初はただ楽しかったけど、次第に自分が――『エルフ』がたくさん居る空間にちょっと足が早まって、そそくさと探索し終えてしまったらしい。

「ほら、次はラヴィちゃんの番だよ！」

「むむ、仕方ないわね。じゃあちょっと行ってくるわ」

ステリアが爆速で迷路を踏破したため、ちょっと勝てる気はしないけど。とラヴィはミラーハウスに足を踏み入れる。

ぱたん、と扉が閉じれば、扉の裏も鏡になっていて。光の魔道具が照らす中、ラヴィは誰も居ない鏡に囲まれた通路に立つことになった。

「さて、さっさとクリアしちゃいましょ」

と、足を踏み出してふと思う。

「……あら？　これ、どこが道かしら……？」

通常であれば、鏡がある場所は壁で、そうでない場所が通路で。鏡は自分が映るので、すぐに鏡と分かるのだが——

「あだあっ!?　あれ、ここ鏡じゃないのっ!?」

——ラヴィは鏡に映らないため、鏡に向かって突進しても通路と見分けがつかなかったのである!!

「こ、これは予想外ね。まさか映らないことで難易度が上がるだなんて……っ」

おでこをさすりつつ、ラヴィは鏡に手を当てて恐る恐る一歩ずつ進んでいく。手を当ててスカッとすり抜けた場所が通路だ。……なんとももどかしい。

「こっち、いや、こっちかしら？　あ、こっちね……!?　あ、落とし穴かと思ったら鏡。なるほど、そういうのもあったのね……ほ、本当に全部鏡で床よね!? 落とし穴になってないわよね!?」

なんと、ノームの計らいでラヴィの用意した迷路に段差まで追加されていた模様。覗《のぞ》き込めば鏡は上下についており、ノーム製水晶ガラスのやたら高い透明度もあってラヴィ視点では永遠に底のない落とし穴に見えた。何とおそろしいダンジョンを造ってしまったのか、と、ラヴィは自分で自分に恐怖した。

「ラヴィちゃーん？　大丈夫ー？」

「はっ!?　す、ステリア!?　だ、大丈夫よ。大丈夫だけど、えっと、そっちは出口かしら!?」

「うん、こっちが出口だよラヴィちゃん！」

と、正面を見れば二人のステリアが立っていた。

二人――いや、片方は偽物のはずだ。と、ラヴィはステリアをよく見る。

「！　胸元のほくろが違うわ！　右のおっぱいについてるこっちが本物!!」

しかも鏡像の方は距離が遠い。ラヴィは確信をもって右胸にほくろのあるステリアに向かって走り出し――ガツゥン！　と鏡に激突した。

「な、なんでぇ……？」

「ラヴィちゃん!?　今凄い音したけど大丈夫!?　こっちからは何も見えないけど！」

と、声がする方を見れば、さらに先に鏡に映ったステリアが。そういえば出口前をカクカク折れ曲がった通路にしていたことを思い出す。……どうやら、鏡に映ったステリアが鏡に映った状態で、正像として見えていたらしい。

「……ぐふぅ、鼻が潰れるかと思ったわ……」

「あっ！　ラヴィちゃんおかえり、大丈夫だった？」

出口の、本物のステリアがラヴィをぎゅっと抱きしめた。ああ柔らかい。鏡じゃない、とラヴィはステリアをむぎゅっと抱きしめ返した。

「吸血鬼を封印するには、鏡の牢屋《ろうや》に閉じ込めるのが効果的ということが分かったわ……」

「えっと、お疲れ様？」

ともあれ、勝負としてはステリアの圧勝だったので、賞品としてノームに手鏡を作ってもらいステリアにプレゼントした。

ラヴィが激突しても割れることのない頑丈なノーム製の鏡だ。相当長く使えること間違いなしである。


「小腹が空《す》いたわね……次はフードコートよ！」

今度こそ休憩を兼ねて、ラヴィはフードコート——食堂へ向かう。

そこにはコック帽をかぶった蝙蝠が居た。料理担当の眷属である。

「いらっしゃいませラヴィ様！　ステリア様とノーム様も！」

パタパタと8の字に飛び回り歓迎する料理担当眷属。

「メニューとして、ピッツァ・マルゲリータに、デザートにはチェリーパイなどを用意してます。どうぞご賞味ください」

コトリと置かれたマルゲリータにラヴィは「むっ」と口をとがらせる。

「ちょっとまって眷属？　マルゲリータってこれトマトじゃない？」

「はい。先日オークさんからおすそ分け貰《もら》いまして。美味《おい》しいですよ？」

「トマトじゃないの！　ラヴィはそれいらないわ。ステリア、ノーム、ラヴィの分も食べて良いわよ」

「そう？　美味しいんだけど、無理強いはよくないもんね。いただきまーす」

「で、では遠慮なく。あむあむ……」

ステリアとノームはマルゲリータを分けて食べる。シンプルながら美味しいピッツァである。

「せめてドリンクを飲ませてよ。ドリンク」

「ではこちらの、ラヴィ様をモチーフにした特製ミルクティーなんていかがでしょう」

スッ、とテーブルに運んできたそれは、ガラスの器に入っているピンク色のミルクティーで、もふっとしたホイップクリームにはストロベリーソースがかかり、蝙蝠を象ったチョコレートが添えられていた
「……これ絶対甘いやつじゃん」

「ベリージュースもありますよ？」

こちらはこちらで赤くて、また甘そうなジュースだった。蝙蝠を象ったチョコクッキーつきである。

「これ絶対甘いやつじゃん!!　ラヴィが甘いの好きじゃないの知ってんでしょ!?」

「でもラヴィ様モチーフだと赤とかピンクは外せませんし、赤色ってトマトじゃなきゃストロベリーとかそのあたりですよ？　絶対甘くなりますって」

「血が！　血があるでしょ!?　血の滴るレアステーキとかないの!?」

「えーっとぉ。今回は明るく楽しいがテーマってことだったので、血生臭いのはメニューから外してますね。こちらはいかがでしょう」

そう言いながら眷属がテーブルに置いたのは、ベリーババロアにチョコレートパフェだった。やっぱり甘そうだった。

「な、なんでこんなに甘そうなのが並んでるのよ!?」

「ラヴィ様の可愛らしいお姿をイメージすると、デザートの開発が捗《はかど》りまして！」

当然のようにノームとステリアに引き渡すラヴィ。

「他にはないの、他には！」

「あ、我々をモチーフにしたフォンダンショコラもありますが？」

「やっぱりデザートじゃないの！　というか、別にラヴィをモチーフにする必要なくないかしら？」

「え？　でも新生ルーナ・プレーナ城は別名をラヴィランドって言うんですよね？　マスコットのラヴィダヨーも張り切ってますよ？」

眷属の言葉に、ラヴィは首を傾《かし》げた。

「ラヴィランドはともかく、ラヴィダヨー……？　そんなの作ってたっけ？」

「ほら、あそこからこっちを見てます」

眷属が羽で指し示した先にデフォルメしたラヴィの着ぐるみが柱に隠れようとして隠れきれずに立っていた。二・五頭身のプロポーション。巨大な頭部、短い手足は、一見すると愛らしくも思える。そして笑顔だ。

「……!?」

笑顔……そう、笑顔、ではある。が、妙にプレッシャーがあった。着ぐるみ故に表情が一切動かないからであろうか。顔の立体が作る影が若干のホラーすら感じさせる。

「え、っと。なんかこっち睨んでない？」

そもそも睨む表情筋がないはずなのだが。

「ラヴィ様に呼んで欲しいのでは？」

「えぇ……えーっと……ら、ラヴィダヨーちゃん？　お、おいでー？」

戸惑いつつも呼べば、ラヴィダヨーはすっと柱の陰から出てきて、トットテとぎこちなく歩いてくる。ラヴィの目の前までやってくると、直立不動でピシッと立つ。

「ラヴィダヨー！」

「……これ、中身は一体どうなってるの？」

「眷属一同が頑張ってます！」

「ラヴィダヨー！」

「それは、うん、凄いわね。ちゃんと歩いてるようには見えたもの」

不気味だったけど、という言葉は呑《の》み込んでおいた。

「ちなみにオバケ屋敷ではラヴィダヨーがご案内を務めさせていただきますので」

……コイツが一番怖いとかないわよね？　とラヴィは口端をひくつかせた。

＊　＊　＊

オバケ屋敷はラヴィダヨーが一番怖かった。むしろ最後に包丁を持って襲い掛かってきたので、もうラヴィダヨーが普通のカワイイマスコットには見えなくなってしまった。オバケ屋敷前ならワンチャンあったのだが。

「ラヴィダヨーちゃん可愛かったねー」

「……ステリアのセンスってどうなってるのかしら？」

「……さあ？」

ラヴィとノームは首を傾げつつ、色々回っていよいよ目玉のアトラクション、トロッココースターにやってきた。城の内外を走るレールは、門の前からでも見えたそれだ。

「あんな場所を走っちゃうの!? すごいね!」

「きゅふふん、ノームに頑張らせたのよ。ラヴィが!」

「え、えへへ。頑張りました……」

空中を走るようなレールは、ノームの建築魔法がなければまず強度が足りずにテスト走行で崩壊していたところだろう。特に宙返りや急カーブなんてGのかかる箇所は言うまでもない。

「ゴーレムを乗せてテストしてたので、三人くらいなら余裕、です。……フヒッ、自信作です……」

「ならみんなで乗れちゃうね。ラヴィちゃん、ノームさん、一緒に行こう!」

ここまでも随分遊んできたというのに全力で元気なステリア。引っ張られるようにして、ラヴィとノームはトロッコに乗り込む。一番初めの坂の上まで持ち上げるのはもちろんゴーレム動力。がこん、がこん、と四角い箱に入った三人は、上り坂を上がっていく。

木製トロッコの箱の縁《ふち》に手をかけ、正面を見てワクワクと楽しそうなステリア。

「このゴーレム動力で坂道を上がる仕掛けは、今度鉱山の方でも取り入れさせてもらいます……えへへ、勉強になりました」

「そう？ まぁラヴィの仕事だもの、当然ね！……あら？」

と、坂を上がっている途中。ラヴィはふと気が付いた。

「そういえばノーム。椅子とか安全バーとか、そういうのはないの？」

「え？」

「……えっ？」

ゴーレムで試したのは重量だけ。箱にぴったり収まって荷物のように動かないゴーレムに安全装置なんて不要であり、そんなものをすっかり忘れていた。だって、本物のトロッコ――鉱山で石等を運ぶそれ――には、せいぜいブレーキくらいしか安全装置はなかったので。

「ノームがトロッコなら作り慣れてるって言うから任せたのよ⁉　ちょっ、ま、降りるっ！　ラヴィ降りるわ！　こんなトコに居られるかぁ⁉」

「ままま待ってください、三人居ないと逆に重量が足りなくて危ないかもです。降りないでくださいラヴィ様……！」

「ぎゃー！　は、な、せぇ――――⁉　ラヴィ一人くらい居なくても大丈夫よ多分っ！」

「二人ともみてみて、頂上だよ！　すっごい景色！　ここからゴーッて行くんだよね？　楽しみだね！」

頂点を超え、トロッコがスピードを上げ、レールを走り始めた。

「きゃ――！　すご――――い！」

「みきゃ――――⁉　と、止めてぇ――――⁉」

「あ、暴れないで……というか、止めるともっと危ない、ですラヴィ様……！」

ビュンビュンと走り去る景色。リフォームした城の外観を楽しめるS字カーブだが、ぐわんぐわんと身体が左右に振り回され投げ出されてしまいそう。コーヒーカップの時と違い、ここで放り出されたらはるか下の地面まで真っ逆さまだ。ラヴィはひしっとトロッコの縁を掴んで踏ん張る。外を見て楽しむ余裕もなく、城の中を通るトンネルも、びゅーんと通過していく。

「きゃ！　今のところ、天井低かったね、頭ぶつけちゃいそうだったよ」

「の、ノーム！　安全第一って言ったじゃないの!?」

「えと、ゴーレムは問題なかったですよ？」

トロッコから頭を少し出して前を確認すると、一回転ひねりしているコースが見えた。

「ひぃっ……!?」

「すごいすごーい！　イーリス使ったときみたい！」

華槍術《かそう》イーリス。そうか、ステリアは飛んだり跳ねたりの高速機動に慣れっこだったわね、とラヴィは白目を剥きそうになりつつ、ぐるんと天地逆転して回転するトロッコにしがみつく。頭の上に地面が見えた。

「……あ、この先ジャンプです。何体ものゴーレムが犠牲になってようやく完成した一番の目玉です……ふひっ」

「ちょっ!?　なんてもん作ってんのノーム!?」

「わぁ、そうなの？　楽しみだね、ラヴィちゃん！」

「あ―――――――⁉」

目の前に途切れた線路が見えた。直後、勢いのまま上り坂を駆け上がったと思えば、ふわっ……と重力が消えた。

「おろろろ……」

「ラヴィちゃん大丈夫？　はい、お水」

なんだかんだ無事に終点までたどり着いたトロッコから降り、ラヴィは地面に伏した。

「うう、ありがとステリア。あー、死ぬかと思ったわ……」

「まさかラヴィ様が軽すぎてトロッコから投げ出されるとは……計算ミス、です……」

訂正。無事ではなく、結構危なかった。

「ぶっつけ本番で人を乗せるものではありませんでしたね……ごめんなさい、です」

「ホントよ！　まったく、ラヴィじゃなかったら死んでたわよ⁉」

ちゃんと身体を固定する安全装置を付けといてよね！　とラヴィはノームを睨んだ。

「でもすっごい楽しかったよ‼　こんなの作っちゃうなんて二人とも凄い！」

「そ、そぉ？　まぁラヴィにかかればこのくらい。ねぇノーム？」

「え、えへへ……お褒めにあずかり恐悦至極……です、ふひっ」

褒められて二人は頰《ほお》を上げた。

「ねぇ、もう一度遊んできていいかな！」

ステリアが目をキラキラさせて言う。

「……ラヴィはもう少し休んでるからノームを連れてくといいわ。いってらっしゃい」

「ふへ？」

「動力、眷属達でも動かせるけど、ゴーレム使った方が効率いいでしょ」

確かに、と頷くと、ステリアはノームの手を取る。

「それじゃ、行ってくるねー！」

と、スキップで入口の方、コーヒーカップへ向かうステリアとノーム。ラヴィは二人を見送り、改めてぐったりと横になった。


「ラヴィ様ー」

パタパタと蝙蝠が飛んでくる。

「んー、どうしたの眷属？　何か問題かしら？」

「そろそろ暗くなりますけど、パレードの花火、どうしましょー？」

と、導火線の付いた球――花火を持ってきた。

「あら。花火じゃないの」

「とりあえず一発持ってきましたー！　日も落ちて暗くなりますし、そろそろ打ち上げますかー？」

改築が終わった記念に作ったのだ。遊園地といえば花火もお約束の一つだったので、ノームに言ったらサラマンダーに外注して出来上がった一品だ。

だが。

「うーん。……火はステリアが怖がるだろうし、花火は中止しとこうかしら」

ステリアは以前エルフの森を燃やされた経験があり、火に対しトラウマがある。盗賊の持つ松明《たいまつ》にも怯《おび》えてしまうくらいだった。

「折角だけど、ステリアが帰ってから上げましょ。しまっとくから貸しなさい」

「はーい」

ごろごろと転がして渡され、ラヴィはひょいと花火を手に持つ。

尚《なお》、この花火はサラマンダーの作った魔法の花火だ。実は導火線は飾りで、衝撃を与えると魔法により飛び上がり、カラフルな色とりどりの炎と共に爆発する。

導火線を手に持ってくるくると振り回す。紐をもっと長くしたらハンマーのようになるだろうか。

「ラヴィちゃーん！」

「ふぇ!?　す、ステリア!?」

ステリアがやってきて、ラヴィはとっさに花火を背後に隠した。

「もう一度トロッココースターに乗ろー！　ラヴィちゃんの重さがないとちゃんと動くかどうかわからないってノームさんが」

「ら、ラヴィはいいわ！　というか、足りない分は石でも積んどきなさいよ」

「あ！　確かに。ラヴィちゃん頭いいね！」

そう言って踵《きびす》を返すステリアに、ふぅとため息をつくラヴィ。早く花火しまってこないと、と後ろ手に持っていた花火を――

「ねぇ、ラヴィちゃんってどのくらいの重さだっけ？」

「ぴにゃ!?……そ、そんなのテストに使ってたゴーレムの重さから自分たちの重さを引けばいいでしょ！」

「なるほど！　ラヴィちゃんホント頭いいね！」

急に戻ってきていたステリアに驚かされ、ふぅと息をつくラヴィ。と、その手に花火がない。

「……あら？」

どこに行ったのかしら、とあたりを見回す。床に落ちていた。

「危ない危ない。部屋の中で爆発してたら大変なことになってたわ――って」

その床のすぐそばには穴が開いていた。トロッココースターのコースだった。

穴に向かってコロン、と、花火が転がっている。

あっ。と思った時には遅かった。

手を伸ばすが間に合わない。花火は穴に落ちていく。

「しまっ……たぁああ――――!?」

慌てて穴に近寄り、覗き込む。ごっ、ごっとぶつかりながら、下の方まで落ちていく玉が見えた。

マズイ。これは流石に爆発する。

「ヤバ……ッ」

そう思った直後、ど――――ん!!!　と光と共に大きな音が下の方から響いてきた。

「……大丈夫かしら？　穴が開いてないといいけど……」

だが次の瞬間。大きな地響きがルーナ・プレーナ城全体を揺さぶった。

「何事!?　け、眷属、眷属ぅ――――!?」

「たっ、大変ですぅラヴィ様！　花火倉庫で爆発がぁ――――!!」

「はっ、花火倉庫ぉ――――!?」

パシューン、と穴の下から三個ほど花火が飛び上がってきた。丁度、ラヴィのいた高さまで。

「へぁ？」

どど――――ん!!!

「あんぎゃ――――!?」

爆発で、色とりどりの火に部屋の外に吹き飛ばされる。

「うわっ、あ、ひゃ……へぷぁ！」

「あれ、ラヴィちゃん？」

「す、ステリア!?」

丁度、トロッココースター乗り場にラヴィは墜落した。どど――ん！　どかーん！　ひゅ――、ちゅど――ん！　と、ラヴィの後ろで花火達が爆発を続ける。視線を向けた先では、打ち上げ花火の箱が次々と爆発を起こしていた。

爆発の連鎖反応は止まらず、倉庫内で爆発した花火の衝撃により次の花火が、と更なる爆発を引き起こしていた。そして、遊園地の施設が、どーん、どーん、と爆破されていった。

「ああっ……な、なんてことっ」

「わぁ……わぁ」

流石にノームもこれには目が遠くなった。時間をかけて作り上げた施設が。色とりどりの花火に崩されていく。

「ら、ラヴィちゃん……」

ハッ、とステリアを見るラヴィ。せめてステリアの目を覆って少しでも怯えないようにしてあげなければ――

「――すごい綺麗だねぇ、あれって光と音の魔法？」

そう言って、目を輝かせるステリア。

「……そうね。ええ、うん」

どうやら色付きの爆発——花火は、光の魔法と勘違いされたらしい。幸い、魔法の色付の火は延焼することなく消えていく。衝撃で次々と花火が爆発していくが。蝙蝠達も吹っ飛ばされてはいるものの怪我《けが》とかはなさそうだ。逆に、小さい蝙蝠がぽーんぽーんと飛ばされるのを楽しんでいる姿まであった。

「ラヴィちゃん。今日はすっごい楽しかったよ」

「ああ、うん……」

ステリアは遊園地の最後、いや最期までを楽しんでいた。その思い出がしっかりと楽しく締めくくられるなら、絶賛爆発中の遊園地も少しは救われるというものだ。

「……まぁ、いっか。そんなら」

ノームは頑張って作った施設が壊れていって、泣きそうだったが。

＊＊＊

結局、倉庫の花火が爆発し、なんやかんやでルーナ・プレーナ城は以前のようなボロボロの廃城の姿に戻ってしまった。流石に目の前で自信作を爆破されて意気消沈するノームにもう一度作ってと言うのも酷だったので頼めず、ラヴィももう一回作る気が起きなかったのでそのままとなった。

「はぁー、せっかく作ったのに、おもいっきり元通りに戻ったわね」

折角塗った塗装も花火の衝撃で剥《は》げて、結局元の灰色の壁に戻っていた。繊細な石の花たちは瓦《が》礫《れき》に。門もすっかり崩れて、侵入者を拒む様相だ。

「……あら、また雨降ってきたわね」

もっとも、雨漏りだけはしっかり直してもらえたので、屋内に雨が降る心配はない。

「程々で十分、ってことよね……ね！」

ラヴィは今度こそ優雅に微笑水晶《ニコニコクリスタル》を見ることができる、と視聴部屋に向かった。

部屋に行き場のなかったラヴィダヨーの着ぐるみが押し込まれていて「きゅわ!?　ラヴィダヨーの抜け殻——!?」とびっくりしたのはここだけの話。

第三章　財政難？

ルーナ・プレーナ城の食堂は王の住まう城にふさわしく広く、天井も高く解放的であった。中央には足と側面にレリーフの入った荘厳な長テーブルの食卓があり、その短辺、城主が座る上座に、ピンクの角を持つ愛らしくも最強の吸血鬼、ラヴィが座っている。

廃城であるルーナ・プレーナ城だが、先日ノームがリフォームを手掛けたため——事故により大半が無かったことになってしまったが——食堂はそれなりに綺麗《きれい》だった。

ラヴィはかつてこの城に人が住んでいた頃を思い返す。あの頃、長テーブルには白いクロスが皺《しわ》ひとつなく掛けられ、白い壺《つぼ》に花が飾られていた。壁には国一番の画家が手がけた絵画が飾られていて、昼食時や夕食時には護衛の近衛《このえ》騎士とメイド達《たち》が後ろに控え、ラヴィの姉——レヴィがここに座り、ラヴィは反対側に座っていた。メニューはシンプルなものだった。パンとスープ、そして肉や野菜の煮込み料理。千年前はそれで上等だった。銀の食器を使い、食事をしながら姉と少なくない言葉を交わしたものだ。

あの時、自分は姉と何を話していたか——と、ラヴィがそんな感傷に浸っていると、ラヴィの目の前に赤い液体の入ったグラスが一杯、眷属《けんぞく》の蝙蝠《こうもり》によってそっと置かれた。今のラヴィの主食、生物の血液だ。

「どうぞ、ラヴィ様。GBR、頸動脈《けいどうみやく》採取の血液です」

「ええ、頂くわ」

吸血鬼となったラヴィは、固形物の食事をとる必要もない。真祖たる吸血鬼なので食べられないこともないが、やはり血の方が身体《からだ》に馴染《なじ》む。ラヴィは右手でグラスを持ち上げ、その中身をスゥッと口に流し込む。鉄錆《てつさび》の匂いに似た鼻の奥がキュッとなる血の香りが口の中に広がり——

——道端の雑草の搾り汁よりも苦く、泥水のようなのど越し。そして夏場の生ごみを放置しきったが如《ごと》きヤバい腐臭が鼻に抜け、ラヴィは飲みかけた血を盛大に噴出した。

「ぶっへぁあああ!?」

「ちょっ、なにやってんですかラヴィ様!?」

これは食べ物ではないと脳が拒絶し、少し飲み込んでしまった分も吐瀉《としや》する。

「げほっ、うわなにこれ臭ッ!? え、まって口の中ヤバ、うぉえっ」

「あーあー。テーブルが血まみれでちょっとした事件現場になっちゃってますよ。テーブルクロス敷いてなくてよかったですね」

血の汚れって落ちにくいんですよねぇ、と言いながら眷属はラヴィの口元とテーブルの血を拭きとる。

「なによこれぇ……毒？　毒じゃないの？　ラヴィを殺す気？　おげぇ」

あまりにマズすぎる血に吐き気が止まらない。青ざめる顔で眷属を睨《にら》む。

「いや、だから言ったじゃないですか。ＧＢＲだって。ゴブリンの血なんだから鼻摘《つま》んでグーッと飲み干さなきゃこうなりますって」

「ＧＢＲってゴブリンって事!?　それなら最初からそう言いなさいよ！　血液型のことかと思ってスルーしちゃったじゃないの!!」

ゴブリンの血液。それはトマト嫌いのラヴィにとってトマトジュースよりも酷《ひど》い食事であった。栄養はないわけではないが豊富なわけでもなく、腐った牛乳と排泄物《はいせつぶつ》を混ぜて煮込んだような魔力臭。せめて良い所を挙げるとすれば、ゴブリンは数が多くとても安価に手に入るという点しかないだろう。

「そもそも、じーびーあーる、って口で言ったらゴブリンの方が短いし!!　なんで略語にして長くなってんのよバカじゃないの!?」

「だってその方がカッコいいじゃないですか」

「伝わらなかったら意味が無いでしょうが！　うげげ、口がまだ臭ぁぁい」

手を口元に当てて「はぁー」と息を吐き、嗅いで、顔を顰《しか》める。

ラヴィは椅子にぐってりとふんぞり返った。

「口直しにミノタウロスのレアステーキ持ってきなさい。もちろん、ぶどうジュース付きでね」

「ラヴィ様。無理です」

しかし眷属はバッサリと断った。

「無理ってどういうことよ」

「そもそも、それができるならGBRの血なんて出しませんよ」

「……え、これラヴィへのイヤガラセとかドッキリとかじゃないの？」

いやまぁイヤガラセされる覚えは無い筈《はず》――多分、あんまり、おそらく――だけど。

「違いますよ。私達みんなラヴィ様大好きで眷属やってるんですから」

「あら、なら尚更《なおさら》分からないわ。どうしてこんな事したのよ」

「お金が無いんです」

「お金……」

マネー。キャッシュ。金銀銅貨。それは文明の証《あかし》であり、物々交換という不安定な取引を脱却するための中間存在であり、共通価値。古くは貝等が用いられていた事もあったが、ここ数百年は素材に価値がある金属を加工した貨幣が使われている。

「……え？　ていうか、いままではどうしてたのよ」

「お城の金庫にあった金をなんとかやりくりしてました。まぁ、そのお金もお城にあったお宝を売ったりして用意したものだったんですが」

「ラヴィのお城から絵画もスプーンも無くなったのってアンタ達の仕業ってこと⁉」

「ラヴィ様に快適に過ごしていただくためですし、だいぶ昔ですが不用品を売る許可はもらってますよ？　覚えてません？」

「あー……」

そういえば生活のためにーとかなんとか言われて、何か許可を出していた気がする。

「そ、それじゃあ仕方ないわねぇ。でも、それならなんで急にゴブリンの血なんて出してきたのよ」

こういうのは徐々に生活水準が下がっていくものでしょ、と首をかしげるラヴィ。

「……あと五百年は何もしなくても大丈夫な計算だったんですけどねぇ」

「金欠の原因は何よ！　ラヴィが許さないわよ⁉」

「先日お城のリフォームで誰かさんが予定にない無茶苦茶《むちゃくちゃ》な発注をバンバンしたじゃないですか？」

「あー！　まぁ無いものは仕方ないわよねぇー！　切り替えて行きましょ‼」

ラヴィはパンパンと手を叩《たた》いて誤魔化《ごまか》した。

「で、眷属。何かこう、どうにかできないの？　ラヴィ、ゴブリンの血は嫌よ」

「あー、こんなこともあろうかと資産運用をしていましたので、ほんのすこーしだけガマンしていただければ、今までの生活に戻れると思います」

「……ほんのすこーし？　具体的には？」

「うーん。五年くらいですかね？」

「ご、五年？」

ラヴィは永劫《えいごう》の時を生きる吸血鬼。であれば、五年などほんの瞬《まばた》きに等しい時間――

「はい。なので五年はGBRでガマンしてください」

「嫌ぁあああ!!　一年が三百六十五日でそれが五年って!!　何日!?　何日ラヴィにゴブリンの血で過ごせって!?」

「大体千八百二十五日ですねぇ」

「嫌ぁああああああああ――――――!!!」

ラヴィは頭を抱えて盛大に嘆いた。

「といわれましても、無いものはどうしようもないですし」

「でもゴブリンの血はいやぁああああ!!」

「そこはほら、GBRって言えば多少カッコ良くて美味《おい》しそうに聞こえませんか？」

「ゴブリンでしょ！　どうあがいてもゴブリンじゃないの！　味は変わらないしもう分かってるんだから誤魔化しようがないわよ!?　うわあああああん!!」

駄々《だだ》をこねる子供の如く手足をバタバタさせるラヴィ。

「……分かりました。それでは奥の手を出しましょう」

「あるの!?　何かいい手が!?」

「はい！　GBRでなく、GBRZにすればガマンする期間は一年に短縮できます！」

「おお!!……ん？　ちょっと待ちなさい、そのＧＢＲＺって何の略よ？」

「もちろん、ゴブリンゾンビですが」

「腐ってんじゃないい!!　食べられるわけないでしょ!?」

「真祖なら！　それでも真祖のラヴィ様ならなんとかなりませんか!?　カッコいい真祖なとこ見せてください ラヴィ様！」

「ならないわよバカぁぁあぁー!!　断食した方がマシよぉおおお――――！！！」

うわぁあああん！　と盛大に泣き叫び、叫び、疲れたので一旦休み、また叫んだ。

「お金が無いんだからしょうがないじゃないですか。私達だって血が飲みたいけど虫食べてガマンしてるんですよ？　ラヴィ様も食べます？　虫」

「う。……そ、それは……」

虫とゴブリン。究極に最悪な二択に、ラヴィは再び頭を抱えた。

「貧乏が……貧乏が悪いのよ……っ！」

「そうですね。んじゃ、せめて少しでも新鮮なＧＢＲの生き血を仕入れてきますねー」

「!!　待って眷属！」

その瞬間、ラヴィの灰色の脳細胞があるひとつの光明を見出《みいだ》した。

「そうよ。仕入れ――つまり、無いものを、手に入れるってことよね？」

「え？　まぁ、はい。お金もカツカツですけど」

「無いなら手に入れればいいの！　お仕事をして、お金を稼ぐのよッ！」

ラヴィ・シュシュマルシュ・コル・ウェスペルティーリオは、世界の真理に気付く。

おいしいゴハンは、働かなければ得られないものである――と！


今までの食事だって、眷属の蝙蝠がなんとか手に入れてくれていた物だ。誰かが働かなければ得られない美味しいゴハン。その働くべき『誰か』が今、自分になった。それだけの事だった。

「……え、ラヴィ様って働けるんですか？」

「これでもルーナ・プレーナ城の主《あるじ》よ!?　働けるわよ!?」

「でもここ数百年、ずっと城《いえ》でゴロゴロするくらいしかしてませんよね？」

「た、たまにステリアと出かけたりしてたもん！」

……そこはかとない不安と共に、ラヴィが今、動き出す。

＊＊＊

ラヴィはドワーフの国へ来ていた。

ドワーフの国はルーナ・プレーナ城からも見える高い山の中腹付近にある元坑道が国土の七割を

占め「穴倉国家」を自称している。実際、砦《とりで》の地下道の如く掘り直された坑道には住居はもちろん、店舗、倉庫等が区画を区切られ配置されている。

整えられた坑道は石レンガが敷き詰められ、ルーナ・プレーナ城に似た雰囲気をしていた。大きく違うのは、どこにもちゃんと光の魔道具がついており明るく照らされているのと、道案内石板《ストーンレリーフマップ》が彩りを添えているところか。

国の奥の方にある一般開放されていない道は、まだ坑道そのままの形であるらしいが、それはラヴィには関係ない。

「それにしても、まさかノームじゃなくてシルフの方がドワーフの国に詳しいとはね」

「へっへーん、あたし達シルフの風がなければ、穴倉に毒の空気が溜《た》まっちゃうからね」

緑の葉っぱや花をモチーフにしたような服を着た風精霊、シルフ。風そよぐ草原を人の形にしたような彼女は、ノームの紹介だった。仕事を探すにあたりノームに連絡を取ったところ、ドワーフの国とシルフを紹介されたのだ。

「奥の採掘場や鍛冶場ならともかく、商業区画は風の通り道としてあたしの方が詳しいってワケ。シルフ様にお任せあれってね！」

「商業区画ねぇ。ドワーフお得意の鍛冶場はそこにはないのよね？」

「そだねぇ。鍛冶場は工業区画の方かな。あそこは素人部外者お断りだから。サラマンダーの領分でもあるし、あんま寄りたくなーい」

そこで働くには門外不出の技術もあって都合が悪いし、専門知識や技能も必要不可欠だ。それに、小柄なラヴィならなんとかなるかもしれないが、工業地区はドワーフサイズで色々狭かったりもする。もし仮にステリアであれば、背の高さ故に常に屈《かが》む必要があるだろう。そういう問題もあった。

「なんなら鍛冶場でも働けたわよ、ラヴィは凄《すご》いんだから」

「そっかぁ、でも凄いならなおさら入れるワケにはいかないね？　だって凄いんだから、見せたら技を盗まれちゃうって！」

「きゅふふっ！　そういうことなら仕方ないわね！」

物理的にも性格的にも軽くてお調子者のシルフは、ふわりとラヴィの周りを飛んでいる。案外気の合う良い奴《やつ》じゃないの、とラヴィはシルフを気に入った。たまに気まぐれにクルクル回るので目を回さないものかと少し心配になるけど。

「それで、ラヴィはどこで働けばいいのかしら？」

「まーとりあえずそこの八百屋行ってみる？　あたしが付いてるし、いきなり行っても話は聞いてもらえるよ」

「それは頼もしいわ。我に相応《ふさわ》しい仕事をよろしくねシルフ」

「まっかせてー！」

シルフはぎゅーん、くるんっと宙返りしつつ返事し、八百屋へと飛んでいった。

城の地下室のように石レンガで整備された商業地区。この区画の天井が高いのは亜人達も良く通るからだろう。そこではまるでショッピングモールのように開けた店舗が並んでいる。そのうちの一ケ所《か》が八百屋であった。

木製の棚には鮮度の良い野菜と果物、キノコ等も置いてあり、ドワーフの店主が丁寧に野菜を並べて、時折来るドワーフの奥様と雑談しつつもしっかりと野菜を売り上げていた。

「やー、やってる？」

「おやシルフ様。ええ、おかげさまで」

「じゃーこの子バイトさせてあげて欲しいんだけど」

「え？」

と、八百屋の店主、立派な髭《ひげ》のドワーフがラヴィを見る。まさか会話の二言目で仕事を斡旋《あっせん》されるとはラヴィも思っていなかった。

「吸血鬼で、お金がないらしいの。ね。よろしくー！　後で様子見に来るねー！」

そう言ってシルフは飛んでいった。え、それだけ？　置いてくの？　とラヴィもドワーフの店主も困惑した。

「えーっと。ラヴィはラヴィっていうのよ。よろしく？」

「お、おう。えーっと、よろしく？　え、えーっと……じゃ、じゃあ品出しでも手伝ってもらえるか？」

「う、うん。ラヴィに任せなさい」

と、強引すぎてぎこちなくも、ラヴィのアルバイト生活が幕を開けた。


品出しであるが、ラヴィにとって普段であれば物を運ぶのは眷属の仕事。でも今は自分で運ばなければいけない。ラヴィは支給されたエプロンを着けて仕事に挑む。

「えーっと、この箱の中身をそこに並べてくれ」

「お安い御用よ」

指定された箱の中に入っていた白菜を一つ一つ取り出し、空の棚に並べていく。よいしょ、よいしょ。等間隔にきっちり……うん、このくらいかしら。いやちょっと傾きが、と丁寧に。

「あー、もっと適当で大丈夫だぞ、嬢ちゃん？」

「そうなの？　じゃあえいえい」

「わわっ！　投げるんじゃあない！　商品だぞ!?　極端だなアンタ!?」

「それほどでもないわよ。きゅふふん」

褒めてないぞ！　と怒るドワーフの店主。

「ちゃんと一つ一つ置いてくれればいいから。せいぜい上下の向きをそろえるくらいでいいから。

な？」

「そうならそうと最初から言ってよね」

と、ラヴィは箱から野菜をひとつずつ取り出して並べていく。白菜を並べ終わったので次はキュウリ、そしてカボチャだ。

「ねぇ、面倒だし箱ごとどーんと置いちゃだめなの？　纏《まと》めておいた方が楽じゃないの、なんで一々出さなきゃならないの？」

「お客さんは大体ひとつずつしか買わねぇから、良く見て選んでもらえるように置いてんだよ。食事処《どころ》に卸すなら話は別だがな」

「へー、そういうもんなんだ」

よく考えてるのねぇ、と納得しつつ、箱の中身を並べ終えた。


「よし嬢ちゃん、次は接客でもしてみっか？」

「いいわよ。この吸血鬼の王、ラヴィ・シュシュマルシュ・コル・ウェスペルティーリオが完璧な接客と言うものを見せてあげるわ!!……で、なにをすればいいの？」

「分からずに言ってんのかよ。凄い自信だな」

呆《あき》れる店主に、ふふんと得意げなラヴィ。

「手本を見せるからやってみろ。あー、ゴホン。おう！　そこの道行くお嬢さん！　どうだい今日はカボチャのスープはどうだ？」

と、通りがかったドワーフのお嬢さん――と呼ぶには結構歳《とし》が行っているかもしれない女性――に声をかける店主。

「地熱栽培のトマトも新鮮さ！　お嬢さんの肌みたくスベスベぴかぴかだよ！」

「あら、お嬢さんだなんて。そうねぇ、それじゃあカボチャをひとつ貰《もら》おうかしら」

「おう、まいどあり」

と、あっさりカボチャが一つ売れる。

「トマトをひとつオマケに付けておくよ。スライスしてチーズと食べると最高だぜ？」

「あら、いいの？」

「いいとも、トマトだって美人のお嬢さんに食べられたがってるからな！　これで美味《うま》いと思ったなら、次は買ってくれよ！　まいどありー！」

「それなら次もここで買わせてもらおうかしらね、うふふ」

買い物袋にトマトも入れて、店主は客を見送った。

「と、こんな感じだ。やってみな」

「きゅふふん、楽勝よ。みてなさい――あー、そこの道行くおじょーさん、今日はカボチャのスープがおススメよー？」

と、ラヴィが声をかけたのは立派な髭を蓄えた男ドワーフだった。

「え？　今もしかして俺のことお嬢さんって言った？　俺ぁ男だぞ嬢ちゃん」

「奇遇ね、ラヴィもオトコノコよ」

「……え!?　あ、お、おう、そうなのか？　え、女の子にしか見えんが……え？」

困惑するドワーフに、ラヴィが畳みかける。

「性別なんてどうでもいいじゃない。それよりも野菜を買いなさい？　ラヴィがもってきてあげるわ」

と、カボチャを「よいしょ」と持ち上げて差し出す。

「え、いやぁ、要らないかな……カボチャって硬くて料理しにくいじゃん？」

「あら、なら食べやすいようにラヴィが砕いてあ・げ・る♪」

ラヴィが両腕でぎゅっとカボチャを抱きしめる。その可憐《かれん》な挙動に一瞬見惚《みほ》れる男ドワーフだったが……ぎゅう、バゴォン！　カボチャが砕けた。破片がいくつか石畳の地面に落ちる。その欠片《かけら》のおおきめなひとつを拾って、差し出すラヴィ。

「はい、どうぞ？」

「え、あ、いや、そのっ……ご、ごめんなさ――――い！」

男ドワーフは容易《たやす》く砕かれたカボチャを見て、青い顔をして逃げていった。

「なによ、ラヴィが折角《せっかく》食べやすくしてあげたって言うのに」

そして、呆気《あっけ》に取られていた店主はハッと動き出し、ラヴィの頭にげんこつを落とした。

「ばっ、っかもぉおおんん!! 売り物を粗末にするんじゃねぇ！！！」

「あだぁあ!! ら、ラヴィの事殴ったわね!?」

「殴ったわ！ 殴って何が悪い！ このカボチャはバラバラに砕かれちまってんだぞ!?」

石畳に転がるカボチャの破片を拾いつつ、店主はラヴィを叱る。

「どーせ食べる前に小さくするんなら、今砕いても同じじゃないの！」

「小分け売りするときはちゃんと綺麗に切って売ってるんだよ！ 商売舐《な》めんな!!」

ちゃんと小分け売り用のカットカボチャもあったらしい。

「なによぅ、ラヴィみたいな可愛《かわい》いオトコノコがぎゅっと抱きしめて砕いたカボチャなんて、むしろご褒美でしょ!?」

「うるせぇ！ 野菜に謝れ!!……はぁ、シルフ様の紹介だから一度だけ許してやる。次ぃ何かしてみろ、クビだからな!?」

「うぐぅっ」

店主にそう言われて言葉に詰まる。お金は大事なのだ。GBRはお断りなのだ。

砕けたカボチャを整えに、店主はカボチャの欠片をもって店の奥へと入っていった。

改めてラヴィは店番を行う。

「うーん、やっぱ男の人にお嬢さんはマズかったかしら。ラヴィみたく可愛いならともかく、髭モジャのドワーフだものね。次はちゃんと呼ぶとしましょう」

そして道行く買い物客に声をかける。丁度バチッと目が合ったのは、またしても男ドワーフだった。やはりラヴィの可愛さは人目を引く。

「おにぃさん♪　お買い物？　お野菜買っていかない？　ズッキーニとかあるわよ？」

先ほどカボチャを砕いて怒られてしまったので、優しい手つきでズッキーニを摘み上げ、撫《な》でて見せる。可愛らしいラヴィのどことなく妖艶な手つきに男ドワーフはついつい引き寄せられた。

「ん、お、お野菜かぁー。ちょっと見てこうかな？」

「どれもおススメよ？　そうね、たとえばこの――うげ、トマト……」

ラヴィはトマトを見て顔を顰めた。見るのも嫌なのだ。

「うーん、最近野菜って高いよなぁ」

「じゃあそこのトマトを持ってきなさい。……ラヴィ、トマト嫌いなのよね。見たくもないからタダでいいわ」

「タダ!?　それなら貰っても」

「だぁあー!!　何やってんだ嬢ちゃん、ダメダメ、全然ダメだ！」

流石《さすが》に見過ごせなかったので店の奥でカボチャを切り揃《そろ》えていた店主が慌てて割り込んできた。

「わりぃな兄ちゃん、流石にタダじゃあやれねぇ。こっちも商売なんでな」

「あ、ああ。だよなぁ」

「……あー、ただ、迷惑料ってことで。今回だけは特別、二つ買うなら半額でいいぜ？」

「おっ、悪いね。じゃあ二つくれ」

「あいよ、まいど！　悪かったなぁ兄ちゃん！」

と、店主はちゃっかりトマトを売りさばいた。転んでもタダでは起きない商人の鑑《かがみ》である。

お客を見送り、くるっとラヴィに向き直る店主。

「なにやってんだ、商品をタダでくれてやるヤツがいるかっ！」

「む、さっきアンタもタダでトマトあげてたじゃないの」

「手本のアレか!?　アレはカボチャのオマケだったの！　だからいいの！」

カボチャの利益とトマトの原価を考えると、一応少しの利益がでており、しかも宣伝がうまく行けば次はトマトを買ってもらえるという狙いがあったのだ。

「このトマトは俺の弟夫婦が丹精込めて育てた地熱栽培の洞窟トマトなんだぞッ！　それを、タダで配るってのは弟夫婦への冒涜《ぼうとく》だッ！　謝れッ！」

「えー？　でも、たかがトマトじゃないの」

「た、たかが？　今たかがって言ったか？……クビだッ！　シルフ様にゃ悪いが、野菜に敬意を払えねぇヤツなんぞウチで働かせるわけにゃ行かねぇ!!　出てけッ！」

「え!?　ちょ、ちょっとまってよ。わかったわよ、謝るわよ、悪かったわね。トマトでもなんでもちゃんと売るから！」

　宣言通りクビにしようとする店主に縋《すが》りつくラヴィ。

「ほぉーん、それじゃあ吸血鬼のお嬢さんには酷だと思ってコッソリ仕舞《しま》ってたが……こいつを売ってもらおうじゃねぇか!!」

　と、店主がドンッと取り出したのは、ニンニクだった。

「ちょ、おまっ!?　ニンニク!?　ばっかじゃないの!?　吸血鬼にそれ出したら戦争よ!?　臭っ！　うげ、くっさ！　しまって、それしまって！」

「嬢ちゃんが本当に野菜に敬意を払えるならニンニクだって売れるだろ、おぉン!?」

「近づけないで!?　鼻が痛いッ!!　わかったわかった、クビでいいわよッ！」

「っしゃあ、吸血鬼も撃退できる最高級ニンニクはいかがっすかぁ――――!!」

　ラヴィはニンニクを掲げる八百屋から距離を取った。

「まったく、なんて八百屋よ、二度と行ってやらないわ！　あー、まだ鼻が痛い……最悪ぅ」

　尚、品出し分の給料ということで子供のお駄賃程度の銅貨を投げ渡された。そこは評価してあげてもいい。

「あっはっは！　大変だったねラヴィ様？」

　いつのまにかシルフが戻ってきていた。くるんっとラヴィの周りを飛ぶ。

「なによ、いきなりラヴィのこと八百屋に押し付けてどこいってたのよシルフ！　ラヴィ、散々な目にあったんだからね!?　お返しに借りたエプロンを投げつけてやったわ！」

「ごめんごめん、ラヴィ様に紹介する次のお店と交渉してきてたんだよ」

それはつまり八百屋はクビになるだろうなと見越していたということなのだが。

「次はラヴィに相応しい職場なんでしょうね？」

「うん、道具屋だよ。ドワーフのお偉いさんも贔屓《ひいき》にしてるお店だから、礼儀作法のできる店員が欲しいんだって」

「なるほど。賢くて教養のあるラヴィにはうってつけってワケね！　そういうのでいいのよ、そういうので」

うんうん、とラヴィは頷《うなず》いた。

なにせラヴィは吸血鬼の王。礼儀作法は完璧なのだ!!

＊　＊　＊

その日、ドワーフ国の大臣は馴染みの道具屋に顔を出しに来た。

素朴ながらも堅実で品質のいい日用品を売る誠実な道具屋で、庶民やお偉方の間でも隠れた人気のある名店だった。

「ふむ、今日はペン先の補充をしようかの。インクも併せて買うとしよう」

書き仕事の多い大臣にとってペン先は消耗品。同じく消耗の早いインクもセットでこの道具屋で買うことにしている。

本来なら使いの者を寄越《よこ》すか商人を呼びつけて商品を運ばせる立場なのだが、この店は大臣がまだ下級官吏であった頃から愛用している店で、二代目の店主が小さいころからの常連であり、未《いま》だに使いを頼まず自らの足で物を買いに来る数少ない店であった。

そんな懐かしさもあり、実家のような安心感のある店に、大臣は今日もいつものように足を踏み入れた。

——ピリッとした空気を感じた。大臣としての勘が、異常を検知した。

「……む？　客が来たか」

可愛らしい声とは裏腹に、威厳の籠った口調。声の主は、店のカウンターに腰掛けて足を組み、ふんぞり返っていた。見た目は、見た目だけは可憐なる店員の少女。しかし、その圧は——

「頭《ず》が高い。頭《こうべ》を垂れよ」

「は、はッ!?」

そう言われて思わず膝をついて頭を下げる。それはまさしく、他国の王との謁見のように。放たれた圧力に身体がそう反応してしまったのだ。

「苦しゅうない。面《おもて》を上げよ」

言葉に従い顔を上げれば、そこには妖艶な笑みを浮かべる少女が居た。しかし、少女といってもドワーフ的には同族の成人女性とさほど変わらない体格でもあり、とても魅力的な体つきに見える。異種族でありながらドワーフを魅了するほどの『力』を内包している少女だった。

「ほ、本日はお日柄も良く……？」

大臣は混乱しつつも、挨拶を述べる。

「よいよい、今の我にただのアルバイト故、無礼は許す。さぁ、買い物に来たのだろう？　何を求める？　直答を許す、疾《と》く答えよ」

「ハッ！　え、っと、ぺ、ペン先と、インクを購入しにまいりました！」

「ふむ。我が自ら棚から取ってやろう。光栄に思え」

「ハハッ、有り難き幸せに存じます」

と、蝙蝠を操り、棚にあるペン先とインクを手元に引き寄せる少女。

「併せて銀貨一枚だ」

「ハイッ！　こちらをお納めください」

財布から銀貨を一枚取り出し、恭しく掲げる。少女はそれを摘んで受け取ると、代わりに袋に入れた商品を大臣の手の上に載せた。

「うむ。確かに。良き取引で合った」

「真に、ええ。その通りですな」

「用が済んだのであれば下がれ。また来るがよい、歓迎してやろう」

「はい、本日はお時間いただき、誠にありがとうございました……！」

大臣はそう言って立ち上がり、一礼して、店を出た。

謁見という一仕事を終え、ふぅと額の汗をぬぐう。


「……って、んん!?　何だったんだ、今のは……!?」

振り返ってみれば、そこにはいつもの店が。そして、手には購入したペン先とインクがあった。

間違いなく、店を利用した後である。

「白昼夢でも見ていたのか？　どこかの王族が道具屋のアルバイトにだなんて、ははは、うん。疲れているのだろうな。よし、帰って寝よう」

自らにそう言い聞かせ、帰路につく。

その日、大臣は晩酌もせずにベッドに入り、朝までぐっすりと寝た。

＊＊＊

「クビだ」

ラヴィは速攻で道具屋をクビになってしまった。

「なんでよ!?　ラヴィの礼儀作法は完璧だったでしょう!?」

「どこがだよっ！　言ったたろ、ウチの客はお偉いさんなんだぞ？　なんでそのお偉いさん相手に『頭を垂れろ』なんて超偉そうなんだよっ！」

「えー？　だってラヴィ、吸血鬼の王なんだもの」

礼儀作法。それは立場によって変わる物である。……確かに、ラヴィの礼儀作法は完璧だった。ただし、それはラヴィが最上位者、王であることが前提になる作法で、だ。

「というかお客さんも思わず跪《ひざまず》いちゃってたし！　あああ……あの人常連さんなのに、お客さんにあんなことさせて変な噂《うわさ》が立っちゃったらどうしてくれんの!?」

「見込みのある客だったわね。ラヴィの威厳が分かるんだもの」

「威厳っていうか威圧だったよねぇ!?」

ゴゴゴゴ、と空気が震えるような圧力に、一般人の店主はコトが終わるまで口をはさめなかった。

「なによ、お客さんだって文句の一つも言わずに買い物してったじゃないの。何の問題もなかったでしょ？　ラヴィだってやる時はやるんだから。さ、お給料頂戴？」

「問題大ありだよ！　ああもう、この疫病神！　さっさと出てってくれっ！」

「えあ？　ちょ、ちょっとぉ!?」

ポイッと道具屋から締め出される。今度は品出しとかもしていないのでお小遣い程度のお給料ももらえなかった。一応ちゃんと道具は買われていったのに。なんてケチな店主なのかしら、八百屋以下よ！　とラヴィは少しだけ怒った。返し損ねていた制服を郵便受けに乱暴に丸めて突っ込んでおいた。

「……ぐぬぬ、シルフ！　いるんでしょシルフ!?」

「あっはっはは！　さすがラヴィ様だね、カウンターでふんぞり返って大臣の接客をする道具屋の店員なんて見たことないよ！」

道具を買っていった相手はドワーフ国の大臣だったらしい。

「どうりでしっかり礼儀ができていたわけね。でも、どうやらこの仕事もラヴィには役不足だったみたい。次の仕事にいくわよ！」

「うんうん、こんなこともあろうかとちゃんと探しておいたよっ！」

そしてラヴィは次の職場へとシルフに誘《いざな》われるままに足を運んだ。


服を蝙蝠にして組み替えることでラヴィは服を好きに替えることができる。ゆえに、エプロン程度でなく制服を用意しないといけない仕事もその日その時から就くことができるのだが――

「クビ」

農場で。

「あー、お嬢さんの今後の活躍をお祈りしておくよ」

役場で。

「シルフ様、これはちょっと……クビで」

冒険者ギルドで。

ラヴィはさらに三ヶ所の職場をあっさりクビになった。制服をちゃんと着こなしているというのに！

「ど、どうしてよ!?　冒険者ギルドの受付とか、荒事にも対応できるラヴィが最適でしょ!?」

「冒険者を煽《あお》ってなじって自分から荒事を作っていく受付嬢は要らないから!!」

「だって、たかがホブゴブリンみたいなザコに苦戦するのがCランク《それなりのベテラン》とかありえないでしょ!!　何が悪いの!?」

「そういう所だよ!!」

かくして、ラヴィはまたクビになったわけだが……

「ラヴィが仕事できないんじゃないわ、仕事がラヴィに合わないだけよ！」

「そうだね、ラヴィ様に合う仕事が見つかるまで、アタシも頑張るよ！」

「付き合ってくれてありがとうねシルフ。これからもよろしく頼むわよ？」

ラヴィは特に落ち込むこともなく、シルフとがしっと握手して引き続き働く決意を固めた。前向きなのがラヴィの良い所である。

時間は、そろそろ夕方、夜に差しかかろうという頃合いだった。

「そもそも日中は調子が出なかったのよ。夜に働けるお店はないの？」

「あるある、凄くあるよー。ラヴィ様の大好きなぶどうジュースを提供するお店とか？」

「あら！　それはいいわね！　キッチンスタッフとホール、どっちかしら？」

「さぁ？　行ってみればわかるよ」

とりあえずコック服に着替えておくラヴィ。なんかカッコ良かったので。

「じゃあ、いってみよー！」

というわけで次にシルフとやってきたのは食堂だった。

「おばちゃーん、お手伝い連れてきたよー」

「ああ！　シルフ様ありがとうございます。アンタが手伝ってくれるのかい？　随分気合の入った服着てるね。んじゃ、早速だけどこの芋の皮を剥《む》いとくれ！」

到着するや否や、ドワーフのオバちゃんにナイフとボウル一杯の芋を渡された。

「きゅふふん、ラヴィに任せなさい！……せいっ!!」

ざく。とラヴィは芋にナイフを突き刺した。

「とぉ！　やぁああ!!」

ずばっ！　すぱ――――ん!!　芋は真っ二つになった。

「できたわ！」

「できてないね？」

できていなかった。オバちゃんの突っ込みに、ラヴィは「あら？」と首をかしげる。

「そんなはずないわ。ラヴィはちゃんと芋を刺殺したわよ？」

「うーん、芋は殺すものじゃないよね？　芋の皮を剥くってのは、こういうカンジだよ」

と、オバちゃんはナイフを器用に操り、しゅるるるっと芋の皮を剥《は》ぎ取ってみせる。熟練の技だ。剥いた皮が一本の紐《ひも》のようになっていた。

「……なるほど。つまり、こういうことね！」

ダンッ!!　と芋はまたしても真っ二つになった。

「できたわ！」

「シルフ様!?　どうなってんだい!?」

「手伝いは連れてくるとは言ったけど、役に立つとは言ってないよねー？」

オバちゃんは「なるほどまたシルフ様に担がれたか」と天を仰ぐ。

「じゃ、じゃあせめてこっちだ。この蒸《ふ》かした芋をこれで潰してくれるかい？」

オバちゃんは皮剥きがダメなら、とボウルに入れた蒸かした芋と、ポテトマッシャーをラヴィに渡す。

「任せなさい。……どりゃあ！」

バゴン!!　と、力を込めて芋を潰そうとしたところ、ポテトマッシャーは芋ごとボウルを貫いた。

「どうよ、ラヴィが芋を完全に潰してやったわ！　次は何をすればいいのかしら？」

「……」

オバちゃんは開いた口がふさがらなかった。

「アンタ一体これでどうやって今まで生きてきたんだい？」

「料理って初めてやったわ！　案外楽しいわね！」

その言葉で、察した。そもそもこの子はそういう身分なんだと。

「……あー、あんた、その、良い身なりだけど、計算はできるかい？」

「ええ、できるわ」

「……じゃあ、ウェイトレスでも頼もうかね。ほら、料理の注文を聞いて、お金を貰ってくる仕事だ」

「ふぅん、前払い制の食堂なのね」

「計算できるなら使えるだろ、見た目も可愛いし」

「トーゼンね！　ラヴィがカワイイのなんて、一目見れば誰もが理解できる真理よ！」

「そうだね。じゃあ頼んだよ」

それでもオバちゃんはラヴィを見捨てなかった。実は聖女に違いない。

というわけで、ラヴィは食堂のホールに立った。勿論《もちろん》コック服ではなくウェイトレスの制服に着替えている。

「おーい、注文いいか」

「こっちもー」

早速出番がやってきた。

「へいらっしゃい！　ラヴィが注文を聞いてあげるわ。何にする？　ぶどうジュース？　もちろん、他にも頼むわよねぇ～？　ケチくさドワーフはモテないわよ？」

「お、おう。じゃあソーセージも付けてくれ」

「こっちはポテトを」

「きゅふふっ！　偉いわね、ラヴィが褒めてあげるわ。えーっと、銅貨八枚とそっちは銅貨六枚ね」

銅貨を回収しつつ、注文を厨房《ちゅうぼう》に伝える。夜のラヴィは格が違った。かつてない手応えと仕事っぷりだ。

「きゅはっ♪　いいわよアンタ達！　もっとジャンジャン頼みなさい！　いっぱい頼んだ人はぁ……ご褒美にラヴィがぐりぐりって踏んであ・げ・る♪　さぁ、ラヴィに踏まれたいワンちゃんは居るかしら？」

そう言ったラヴィの目が妖《あや》しく光り、ウェイトレス制服のスカートを少し持ち上げて見せる。白いフトモモがちらり。酔いの回っていた男たちは――ドワーフ的にはナイスバディに見えなくもないラヴィの無いっすなボディに湧きたった。

「うぉおおお!?　ソーセージ二本……いや五本追加で!!」

「飲み物おかわり!!」

「きゅふふっ、いいわよアンタ達！　はい銅貨十枚、銅貨三枚っと」

着実に売り上げが伸びていく。これはいっぱい稼げそうね！　とラヴィは上機嫌に、回り、スカートをふわりと浮かせつつ働く。

「じゃあ俺ぁここの名物、ステーキを注文だぁ！」

「ステーキ！　いいわねぇ、ミノタウロスステーキ……それも血の滴るほどのレアのはラヴィの大好物なのよ！」

ラヴィは思わず羽をぱたぱたさせる。

「ねぇー、ステーキ持ってきたら、ラヴィに一切れ頂戴？」

「お、おうっ！　いいぜお嬢ちゃん！」

「やった！　約束よ！　はい、銀貨一枚ねー」

と、ルンルン気分でステーキを受け取りに行くラヴィ。

「とってもいい職場ね、ここならずーっと働いてあげてもいいわ！」

受け取った代金をカウンターに置き、すぐ出てきたステーキをトレーに載せ――

「って臭ぁっ!?」

ニンニクをガッツリ効かせた、ガーリックステーキに、思わず後ずさった。

「ちょ、無理無理無理無理これは無理！　臭ッ！　折角のお肉になんてことを！」

「なっ⁉　食欲をガツンとそそる良い匂いだろ⁉」

食堂コックのドワーフがラヴィに反論する。

「バカ！　ラヴィはお鼻が敏感なの！　こんなの鼻が痛いわッ！　どっかやって！」

「といっても、これはウチの主力商品なんだが……」

主力商品。このニンニク臭い、臭すぎるステーキが――と、ラヴィは青ざめた。

見た目はおいしそうなお肉。しかし最悪にニンニク臭く彩られている。鈍感なドワーフなら食欲をそそる良い匂いなのかもしれない……が、ラヴィにとってそれはまるで、極上の宝石をゴブリンの腰布に飾り付けるが如き冒涜だった。

「あと今日は八百屋で特上のニンニクが売られててな、思わず箱買いしちまったから一杯出す予定なんだ。なんならニンニクの素焼きも」

「あ、あ、あ、あの八百屋ぁああッ⁉」

昼間、初バイト先のあの八百屋。その高笑いが聞こえるようだった。

それから十分も経《た》たないうちにホールにはニンニクのニオイが充満し始め、ラヴィはギブアップを宣言。

「こんなところで働けるかぁあ！　っていうかお肉もぶどうジュースも生殺しよぉ⁉」

食べられないけど見た目はとても美味しそうなステーキに、客だけがガブガブ美味しそうにのんでいるぶどうジュース。ラヴィはニンニクの臭いに吐きそうになりながらも頑張ったのだが、無理だった。

あと酔っ払いがスカートの中に手を入れようとしてきたので踏みつぶしておいたが、こちらは特に問題にならなかったので良しとする。

「っはぁぁあぁ、ニンニクさえなければいい職場だったのに……！」

食堂から離れて深呼吸するラヴィ。今回はそれなりに働いたので、下ごしらえで破壊したボウルの弁償代を差っ引いて、また少しお金をもらうことができた。

あとギブアップしたものの賄いということでニンニクなしのレアステーキを焼いてもらえたので、あの食堂の夫婦はとてもいいドワーフという判定になった。

「……本当に、ニンニクさえなければいい職場だったのに……！　ねぇシルフ？」

「いやー、今回はだいぶ惜しかったね！　あっはっは！」

「実はあの食堂の売りがガーリックステーキだって知ってたりした？」

「え？　うん、知ってたよ？　あそこのステーキはサラマンダーも大好きでね！」

「あんたねぇ!?　それなら先に言ってよ、鼻がもげるところだったじゃないの！」

「あははっ、ごめんごめーん！」

悪びれもせずふよふよ飛ぶシルフに、ラヴィはやれやれとため息をついた。

「はぁー。こんな調子じゃ全然お金が稼げないわね……」

「え？　ラヴィ様お金稼ぎたかったの？」

こてり、と首をかしげるシルフ。

「うん？　そうよ、ちょっと恥ずかしいんだけどね、今お城にお金が無くて……それでラヴィがゴハン代を稼ごうってワケなのよ」

さもなくばゴブリンの血を飲む羽目になるわ。と、味を思い出してうげぇと顔をしかめるラヴィ。

「なーんだ、それを先に言ってよラヴィ様。アタシ、ノームからラヴィ様が仕事したがってるって聞いて、それで色々紹介してたんだよ？　お金稼ぐだけならラヴィ様なら手っ取り早い方法があったのにー」

にっこりと笑うシルフに、本当かしらと胡乱《うろん》げな瞳を向けるラヴィ。

「ラヴィ様強いんだし、普通に冒険者とか傭兵《ようへい》とかになって暴れればいいだけでしょ。用心棒もいいかもね。お金を稼ぐだけならあっという間じゃない？」

「……………そういうの最初に言いなさいよ!!」

自分の強み（物理）を生かすそれを思いつかなかったラヴィもラヴィであるが、それは棚に上げておいた。

冒険者ギルドに凄腕《すごうで》の新人冒険者が生まれた。採集や解体はてんでダメだが、討伐や用心棒といった戦闘系の依頼を楽々とこなし、報酬をがっぽりと稼いでいく。その者は『吸血王《ロード・オブ・ヴァンパイア》』の二つ名と共にまたたくまに冒険者ランクを上げていった。

「きゅはははは！　簡単ッ！　簡単ッ！　ラヴィにかかればこんなの夕飯前よ！」

メガトロール　通常のトロールの二倍の大きさと回復力を持つ突然変異モンスターを討伐し、その上に仁王立ちして高笑いするラヴィ。

「とんでもねぇな……！　あの悪魔を一人で片付けちまった！」

「オイ知ってるか、今度ラヴィ様にAランク昇格試験の打診があるらしいぞ」

「マジかよ！　国内でも数人しかいないAランクに!?」

いままでの鬱憤を晴らしつつ、お金も稼げて、名声も高められる。なんてラヴィにピッタリな仕事なのかしら！　と、上機嫌だ。

今度ステリアを誘ってダンジョンにいってみようかしら、ミノタウロスの食べ放題パーティーよ！　とか考えながら、ラヴィはドワーフの町へ戻り、冒険者ギルドから報酬を受け取った。

「いやー、トロールをボコすだけで銀貨二十枚稼げるんだもの、ウハウハってやつね！」

銀貨二十枚。変異トロール討伐の貢献度が高かったためにこの金額になった。アルバイトで得た銅貨数枚が文字通りのはした金になる額だ。

あの食堂でガーリックステーキのガーリック抜きを二十枚注文できる高収入。ラヴィとしてもいままでの最高額だった。

と、そこに蝙蝠が一匹飛んできた。片眼鏡《めがね》をかけているリーダー格の眷属だ。ラヴィが留守の間、城の事を全て丸投げしておいたハズなのだが。

「ラヴィ様ー」

「あら？　眷属じゃない。どうしたの？」

「お金の問題解決しました！　というか言ってくれればよかったのにー」

「きゅふ？　ああ、うん。見なさいこれ！　今日は銀貨二十枚も稼いだのよ！」

と、ラヴィは得意げに本日の稼ぎを蝙蝠に自慢する。

「あ、そうなんですね。それはそうと、今毎日金貨十枚入ってきて、財政が潤いまくりですよー！　当面はこれが続くそうで、笑いが止まらないですね！」

「ちょっと、ラヴィの稼ぎを軽く流さないで……ん？　金貨十枚？　十枚!?」

それは本日の、冒険者ラヴィ史上最大稼ぎの更に五十倍。

なにそれ、ラヴィはこうして汗水流して働いてるのに!?　とラヴィは目を見開いて驚いた。

「あ、あんた、どうやってそんな大金を!?」

「え？　いや違いますよ。ラヴィ様の稼ぎでしょこれ？」

「ええ？」

眷属は首をかしげるラヴィに説明する。

「ほら、ノーム様と色々してたじゃないですか？　あれの特許料がノーム様から振り込まれてました」

「え？」

先日ラヴィは遊園地を作るためにノームと色々なものを作った。その中でも『トロッコを高い所に運ぶ技術』と『宝石の花』が特に売れに売れて、結果、ルーナ・プレーナ城の財政は見事持ち直したのである。

当面はこの収入が続くだろうとのことで、かつてない高収入に眷属達は毎日おいしい血液を浴びるように飲めているらしい。ラヴィが冒険者しつつ狩った獣の血を鼻を摘んで飲んでいる間に。

「いやー、アレって無駄に遊んでるだけじゃなかったんですね！　すみませんでした、見直しましたラヴィ様！」

「……ふ、ふーん？　まぁ？　ラヴィならトーゼンだしぃ？」

眷属に持ち上げられて、ラヴィは鼻を高くした。全く予想していなかった稼ぎなので内心複雑ではあったが……というかノームもノームだ、仕事を紹介してと言ったときにちゃんとそのことを言ってくれていれば……！　と思いつつ、ノームもシルフと同じく『お金ではなく働く事が目的』と認識していた可能性にラヴィは気付いた。

だってそもそも四大精霊《エレメントフェアリー》は働かなくても餓死することはない。自然に存在する魔素だけで存在し続けられるのだから、働くのは単なる趣味なのだ。

「あっ。それでラヴィ様は何を？」

「……冒険者してたけど、今日で引退するわ!!」

かくして、彗星《すいせい》のように現れた新進気鋭の冒険者『吸血王』は突然の引退を表明。流れ星のように去っていった。

引退の理由は「思っていたより稼ぎが良くなかったから」だそうで、これをきっかけに冒険者の収入がちょっと見直され上がったのはここだけの話。

第四章　旅行に行こう！

かつて栄えた国の面影を残す朽ちた都。その中央にそびえ立つ古城、ルーナ・プレーナ城。先日少しリフォームをしたので雨漏りの心配などはすっかりなくなったものの、眷属達《けんぞくたち》がやりくりしていた財政が破綻して一時ラヴィが働きに出ることになったのだが……。

結局財政は持ち直したものの、出稼ぎをしたラヴィにはひとつ思うところがあった。

「そもそもウチの周り、何もないわよね」

「え？　そりゃあ都が朽ちてますからね」

ぽつりと漏らした呟《つぶや》きに、眷属が答える。

思い返せば千年前、この国は人で溢《あふ》れていた。そのかつての証《あかし》は城壁跡に囲われた廃墟《はいきょ》の城下町を残すのみであるが、城下町があったのだから八百屋だって道具屋だって食事処《どころ》だってあったはずだ。

「それがどうしてこうなったのかしら」

「今更それ言いますかラヴィ様？」

「だって、よくよく考えたらラヴィの家の周りに何もないって事じゃない？　ちょっとした森とか荒野があるくらいで、基本的に暇でしょココ」

ラヴィだけであれば神器『微笑水晶《ニコニコクリスタル》』で異世界のドーガ《動画》を見ていくらでも時間を潰すこともできるのだが、眷属の蝙蝠《こうもり》達は一体なにをして時間を潰しているのだろうか。

「城に限れば結構充実してますし、結構趣味に走ってる蝙蝠は多いですよ？　ほら、コック長とかいるじゃないですか。あんな感じです」

「蝙蝠なのに一体どうやって調理してんのかしら」

「他にも錬金術とか魔法が趣味の蝙蝠とかいますよ。あと考古学とか植物学とか、運動が趣味なのもいますね。あ、ロッククライミング部とかありますよ」

古城の壁を羽を使わずロッククライミングとかするらしい。程よいボロさ加減による凹凸が丁度いい足場になるんだとか。

「意外と充実してんじゃないの眷属達……ってかボロいは余計よ！」

「そういえばノーム様と改装してた時に、城の地下に巨大な魔法陣があるのを見つけて、それで一部大はしゃぎしてましたね。歴史的大発見な古代遺跡だとかで」

さらりと話を流された。

「古代遺跡って、どっか地下室が埋まってただけじゃないの？」

「城のさらに地下にあったんですよ、古代遺跡が！　ロマンの塊ってやつですねー」

「ふぅん。ルーナ・プレーナ城の地下に古代遺跡が、ねぇ」

ルーナ・プレーナ城自体も千年前の廃城なので古代遺跡と言って差し支えないものだが、さらに古いものが地下に埋まっていたらしい。あるいは、何かその手の由来があった場所だったからこそラヴィのご先祖様がここに城を作ったのかもしれない。

「確かに、ちょっとロマンを感じるわね」

「でしょ。オトコノコってこういうの好きですよねー」

「嫌いじゃないわ。っていうかアンタも好きだからそういう話したんでしょう？　ちょっと気になってきたし、実物でも見に行こうじゃないの」

「お供しますよラヴィ様！」

と、ラヴィは飛び上がると身体《からだ》を蝙蝠に変え、地下へと向かった。


「よっ、と。地下室に到着ー」

地下までやってくると、石畳の部屋に大穴が空いて地下へと続く梯子《はしご》が掛けられていた。

「この梯子って誰が使うの？　眷属達は使わないわよね？　飛べるし」

「ノーム様がかけたやつですね。ロッククライミング部がトレーニングで使ってて、出入口の目印になってます」

「なるほど」

折角《せっかく》なので梯子を使って下りると、そこには結構大きな空洞が広がっていた。城の石畳とは違い、均一な石材による壁と床――コンクリートを流したような一枚岩になっていた。そして、その床には大きな魔法陣が描かれている。

「城の地下にこんな空間があったなんて。よく崩れなかったわね」

「全体からしてみれば、地下室四個分くらいですよ。まー、城のど真ん中ってのがアレですけど、逆にバランスとれてて崩れなかったんじゃないですか？」

そんなもんかしら。と、ラヴィは魔法陣を虫メガネで観察している蝙蝠達を見つけた。どうやら錬金術とか魔法とかが趣味の連中だろう。

「眷属ー、これどういうものなの？」

「あっ！　ラヴィ様！　丁度いいところに！」

声をかければ、調査していた蝙蝠がぴょこんとラヴィの目の前に飛び上がる。

「いやー、古代文明スッゴイですね！　これ、転移の魔法陣みたいです！」

「転移！　それは凄《すご》いわね。それで、なんでラヴィが丁度いいって？」

「あっ！　それはですね、魔力流して起動してみてもらおうかなって！」

なるほど。魔法陣なら魔力を流せば動くだろう。ラヴィの豊富な魔力があれば、古代の魔法陣でも余裕で動かせるだろう。

「ささ、こちらへどうぞラヴィ様！」

「うん。まぁいいけど……爆発したりはしないわよね？」

「大丈夫です。魔法陣の中心に乗ってるものが一時的に転移して、もう一度起動すると元の場所に戻る、っていう術式だったんで。転移先は城壁外の平原にしたので、転移先の物とぶつかるとかも大丈夫なはず！　つまり大丈夫！　多分大丈夫！」

早口に大丈夫を連呼して喋《しゃべ》る魔法好きの眷属に――まぁそんならやりましょうか」とさっさと話を切り上げる。

「じゃ！　自分魔法陣に乗りますんで！　よろしくおねがいしまーす!!」

そう言って眷属は魔法陣の中央にちょこんと居座った。

「こういう実験って最初は物とかで始めるんじゃないの？」

「それじゃつまらないじゃないですかー。自分達ならラヴィ様が召喚してくれればすぐ帰れますしへーキへーキ！　結果は自分の目で見るのが一番手っ取り早いですしね！」

「それもそうだったわね」

尚《なお》、もし剣等で切られても消えるだけで、再召喚すれば復活するのがラヴィの眷属だった。ラヴィに付き添える不死身の存在と言ってもいい。

「それじゃ、魔力流すわよー」

「はーい！」

ラヴィは魔法陣の端にしゃがみ手をついて魔力を流し始める。ぎゅん、ぎゅん、と魔法陣が光り始める。

「おおっ、いい感じです、続けてラヴィ様！」

「これどのくらい魔力込めればいいの？」

「わかんないので、発動するまでがっつりお願いしまーす！」

「はいはい。こうかしら」

さらに魔力を流すと、パチッバチチチッと爆《は》ぜるような音が鳴り、小さな雷のような光が魔法陣の上に漏れ出す。

「ちょ、スパークしてるんだけど!?　これ大丈夫なの!?」

「大丈夫です！　いけます!!」

「本当に本当!?　爆発とかしない!?」

「臨界点まで魔力充填《じゅうてん》百二十%おねがいしまぁーっす！」

「ど、どうなってもしらないわよ!?」

最悪、またノームに城のリフォームを頼むことになるかも。なんて思いつつ、ラヴィは更に魔力を込めた。ピカァア!!　と強い光が漏れだし、魔法陣の形をした光が浮き上がった。

「うぉぉお!!　魔力光現象でこんな風になるの、超レアですよ！　さすがラヴィ様！」

「こうなりゃヤケよ、いっけぇえええ――――!!」

そしてラヴィが思いっきり魔力を流すと――カッ!! と一瞬目が潰れるほどに白く光り、消えた。

しかし消えたのは魔法陣の光だけ。魔法陣の上にいた眷属は、そのまま残っていた。

「あら? どうもなってないじゃないの。なによこれ、ただ光るだけの魔法陣ってこと?」

「あっれれ? おかしいな……魔法陣は確かに、上にあるモノを転移させる代物のハズなんですけどねぇ?」

魔法陣の上に乗ったまま蝙蝠がハテナを浮かべる。と、そこに慌てた様子の蝙蝠が飛んできた。

「大変です大変です! ラヴィ様大変ですー!」

「ん? どうしたのよ眷属」

「お城が、お城が町の外の平原に移動してますー!!」

そう。魔法陣の上にあったのは、蝙蝠なんて小さなものだけではなかったのだ。

「城が、丸ごと転移する魔法陣……ってコト!?」

「そっか! そういえば城も魔法陣の上にありましたね! 確認してきます!」

「あちょっと! ラヴィも行くわよ!」

ラヴィも外に出てみると、城が丸ごと平原に移動していた。空を飛んで元々城のあった場所を見てみれば逆に平原になっており、二ケ所《かしょ》の空間がくり抜かれて入れ替わっているようだった。

「わぁい、やっぱり転移の魔法陣だったんだぁ! すごいですねラヴィ様! ルーナ・プレーナ城が丸ごと移動してますよ！」

「確かにすごいけど……え、コレちゃんと戻るのよね？」

その後もう一度魔法陣を発動させたところ、無事に城は元の場所に戻ることができた。

＊　＊　＊

「ってことがあったのよ。さすがのラヴィもビックリしちゃったわ」

「へぇー。そんな魔法陣があったんだねぇ」

ステリアとお茶会のテーブルを囲みつつ、ラヴィは先日あった事を話していた。

「転移する城だなんて、神器級のお城だね？　すごいねぇ」

「そーよ、ラヴィは住んでるお城も凄かったのよ。きゅふふふ」

もしこれを戦争に活用しようものなら、使い方次第でどんな国を相手にしても一方的に無双できるだろう。まぁ今のラヴィには侵略する相手なんていないのでそんな事には使わないが。

「ちなみに生き物が境目にいたらどっちかにはじき出されるみたいね。何度か実験させられたわ……まぁいい暇つぶしにはなったケド」

「あはは、お疲れ様ラヴィちゃん」

くてーっとテーブルに伏してみるラヴィ。その頭をステリアは撫《な》でる。

「あ。それでね。ちょっと引越しをしてみようと思うのよ」

「引越し？　それじゃあここに来てもラヴィちゃんに会えなくなっちゃうってこと？」

「んー……逆ね。むしろステリアが安住の地を決めたら、その近くに引っ越してあげてもいいわ。その予行演習ってカンジかしら」

「ラヴィちゃん……！」

「わぷっ!?」

感極まったステリアはラヴィを抱きしめた。大きなふくらみに埋もれ窒息しかけたラヴィだったが、蝙蝠になって抜け出し事なきを得る。

「いきなり何よもう！　苦しいでしょ！」

「だってラヴィちゃんがとっても嬉《うれ》しくて可愛《かわい》いこと言うんだもん……ぎゅってしたくなっちゃったの。……大好きだよ、ラヴィちゃん」

「ふ、ふん。ラヴィが可愛いのは昔からそうなんだから、今更でしょ！」

そっぽを向くラヴィだったが、尻尾と羽が嬉しそうにパタパタしているのがステリアに丸見えになっていた。また抱き着きたくなるステリアだが、逃げ出されたばかりなのでガマンした。

「それで、とりあえずエキチカに引っ越してみようかと思ってるのよね！」

「エキチカ？　なぁにそれ？」

「ラヴィもよくわからないけど、異世界ではいい場所のことを指すらしいわ。色々な物があって、賑《にぎ》やかで、利便性がいいんだって」

微笑水晶《ニコニコクリスタル》で得た知識を語るラヴィに、ステリアはふぅんと考える。

「それってドワーフさんの国の町中みたいな？」

「そうね。多分そこもエキチカよ！」

「私はここも静かで好きだけどな。ラヴィちゃんと二人でお話するのにいいし」

「きゅふふふ、つまりステリアにとってはこの場所もエキチカだった……ということね！」

「エキチカってそういうことなんだね！　完全に理解したよ」

甚だとんでもない誤解だが、それを正せる知識を持った者はここに居なかった。

「まっ、引越しと言っても今回は忘れ物の心配の要らない旅行みたいなもんよ。気楽にいきましょ。どこか行きたいところがあれば、リクエストを聞いても良いわよ？」

そう言ってステリアに案を出させるラヴィ。いつも旅をしているステリアなら、きっといい場所を知っているだろう。

「それじゃあお魚食べたいから海にいこうよ！　いっしょに海水浴もしたいなぁ」

「……ステリア、ラヴィが吸血鬼だってこと忘れてない？」

「あれ？　でもラヴィちゃん別に日光に当たってても水を浴びても平気だよね？」

うぐ、と声を詰まらせるラヴィ。

確かに、真祖にして最強の吸血鬼たるラヴィは吸血鬼が苦手とされているものに耐性がある。日光を浴びても灰にならず、流水に晒《さら》されても教会のシンボルをぶつけられても死ぬわけではない。流石《さすが》に杭《くい》で心臓を貫かれたら死ぬだろうが、それはどんな生物でもそうだろう。あと招かれていない家に勝手に入るのは泥棒みたいで良くないと思う。

ただ、やっぱり日光を浴びれば怠《だる》くなるし、泳げないので水場は好きじゃない……ステリアの前ではカッコつけて完全に平気なフリをしているだけなのだ。

「しょ、しょうがないわねぇ。眷属、私とステリアの水着を用意しときなさい」

「了解ですラヴィ様！　一晩ください、みんなでとびっきり可愛いの仕立てますね！」

「わぁ、一緒に遊ぼうねラヴィちゃん！」

そしてラヴィはまたカッコつけてしまった。ちょっとだけ後悔した。

＊　＊　＊

ルーナ・プレーナ城、ＩＮ、南国。常夏の熱帯地域にやってきた。

城を出てすぐの場所には砂浜がある。波が穏やかに打ち寄せ、白い砂が太陽の光を反射しまばゆく輝いている。ヤシの木が風に揺れ、その陰に眷属達がハンモックを吊《つ》るして遊び始めた。皆で昼寝でもするのだろう、気楽なものだ。いや、気楽でいいのだ。なぜなら、ラヴィ達は海に遊びに来たのだから。

青い空、透明な海。暑さは厳しいものの、心地よい潮風が肌をなでる。まさにバカンスにふさわしい常夏の楽園。ゆったりとした時間がそこにあった。

ただし、ラヴィを除く。

「うげぇ……」

強い日差しにじわじわとＨＰを抉《えぐ》られ、ラヴィは苦虫を噛《か》んだような顔になる。その格好は上下セパレート、白にピンクのフリルが可愛らしい水着だ。首から胸元への黒い紐《ひも》が胸部を閉じるようにクロスしていてアクセントになっている。日光がへそにまで突き刺さりお腹《なか》がぐるぐるとした気分になるが、ステリアの手前強がって見せている。

「大丈夫？　ラヴィちゃん」

そう言いながら、ステリアはぐさっと大きなパラソルを砂浜に刺した。こちらはこちらで黒色のビキニだ。白い上着を羽織りつつも、胸元を飾るクロスした黒い紐によって谷間が強調されていた。だいぶ情操教育には悪い格好だ。まぁ、ラヴィは千年を生きる吸血鬼なのでそのあたりはとっくに卒業している。何の問題もない。たぷたぷ揺れる柔肉に目が引き寄せられるところはあるけれど。

……これは性別を超えて仕方ない本能だろう、猫が猫じゃらしにとびつく狩猟本能みたいなものだ。

「……あっ。ラヴィちゃんもそのうち大きくなるよ！」

「ならないわよ？　ラヴィは今の姿でカンペキにカワイイんだから不満もないわよ？」

「そうだね、ラヴィちゃんカワイイもんね」

そう言ってステリアはラヴィの頭を撫でる。……日光と潮風でぐったりしていたラヴィは大人しく撫でられるがまま。


「うーん、いい風！　今日は海水浴日和だねっ」

と、二人と眷属達しかいなかったビーチに、風の精霊シルフが現れた。手にはバナナを持っていて、二人に合わせたのか葉っぱで作ったビキニを着ていた。

「あれ、シルフちゃんだ。こんにちわ」

「こんにちわステリアちゃん！　ラヴィ様も元気――ではなさそうだねっ、あははっ」

おすそ分け、とシルフはバナナをステリアの胸の谷間に差し込んで渡した。

「なんでこんなところに居るのよシルフ……？」

「風はどこにでも行けるし、どこにでも有るんだよラヴィ様！」

風吹くところシルフあり。神出鬼没の精霊ということだ。

「ちなみにノームも土や石がある場所ならどこにでも現れるし、ウンディーネは水、サラマンダーは火がある場所ならどこにでも出られるから、別にアタシだけ特別ってわけじゃないよ？　あ、ノーム呼ぶ？　砂でも頑張れば呼べるよ。おーい」

シルフが砂浜に呼びかけると、砂中からズボッとノームが出てきた。

「うぇ……砂が口に入った……なぁにシルフ。せめて土で呼んでよぅ……あ、ラヴィ様だ。や、やほー……？」

ひらりひらり、と控えめに手を振るノームに、ラヴィも手を振って返す。

「ほへー、さすがエレメントフェアリーだねぇ」

「まったく、四大精霊全員神出鬼没ってことじゃないの。こういうところ無茶苦茶《むちゃくちゃ》よね」

「あっはっは、まぁね！　伊達《だて》に四大エレメントとか言われてないよっ！　ね、ノーム」

「うわ、海だ。潮風は苦手……明るい所もあんまり好きくない……」

ノームはこそこそとパラソルの影に入り、ラヴィの横にちょこんと座る。やっぱりなんか気が合うわね、とラヴィはほっこりした。

「ノームも着替えなよ。海だよ、遊ぼ？」

「やだ。灰になる」

「吸血鬼のラヴィ様が灰になってないんだから大丈夫だって！」

ぐいぐいとノームの服を引っ張るシルフだが、ノームは岩のように動かなかった。

「しかたないなー。ステリアちゃん、遊ぼー！」

岩の如《ごと》く動かないノームに痺《しび》れを切らしたのか飽きたのか、シルフはステリアを誘う。

「うん。いいよー。ラヴィちゃんも行こう？」

「ラヴィはここでノームの面倒見てるから、行ってきなさいな」

と、ラヴィはノームを口実にビーチに残ることに成功する。やっぱり水の中にまでは入りたくないのだ。だって流されたら溺れるから。蝙蝠になっても水からは逃げられない。

「んじゃラヴィ様、代わりに私らが行ってきます！　ステリア様ー、シルフ様ー！　ボール作ったのでこれで遊びましょー！」

「……眷属は元気ねぇ」

水着と併せて作成した皮製ビーチボールを器用にヘディングしつつ、何匹かの眷属が海に向かって飛んでいった。再召喚すれば復活する分、ラヴィよりも怖いものナシな所がある。

海でビーチボールで遊ぶステリア達をのんびり見つつ、ラヴィは隣のノームに話しかける。

「急に呼び出されてきたわけだけど、帰らないでいいの？」

「えっ……か、帰ったほうが良かった？　仲間外れは、寂しい……」

「違うわよ、帰れっていうわけじゃなくて。急に呼んじゃって仕事とか大丈夫だった？」

「あ、えと。大丈夫です。別の体で働いてるので」

不思議な仕組みではあるが、ノーム達精霊は何人にも分裂して世界各地で同時に働いたり休んだりをできるらしい。同じことをラヴィがやれば頭がこんがらがりそうだが、そういうのは大丈夫なんだとか……精霊の生態って謎だらけだ。ラヴィはそう思った。

「……」

「……」

沈黙が流れる。その視線の先には、浅瀬でビーチボールを使って結構激しく遊ぶステリア達が居た。……静寂の宝槍《ルー君》でビーチボールを打ち放っている。

「いっくよー！　ルー君アタークック！　ずばばば――ん！」

「海が割れたぁ――!?　ってビーチボールは無事だぁ、ステリア様すごいです！」

「あっはっは！　ステリアちゃんすごーい！」

海を満喫していて、実に楽しそうである。ちょっと羨ましい。

「……折角だし、ラヴィも釣りでもしようかしら」

日光にも慣れてきたのか、気持ちに少し余裕が出てきた。ステリア達に混ざる程の元気は出ていないが。

「眷属ー、釣《つ》り竿《ざお》用意してー」

「はーい」

「あ、いいですね……釣り針作るのでお供させてください」

と、ノームがササッと石で釣り針を作る。器用なものだ。

「ノーム特製の釣り針とか、大量に釣れそうね。いっぱい釣ってステリア達をビックリさせてやりましょ」

「はい……！」

と、ラヴィ達はパラソルの影から出て、釣りをしに岩場へと向かった。

岩場、丁度崖で日陰になっていたところがあったので、陣取って釣り糸をたらす。

「づぁー……やっぱり日光はイヤね。ちょっと落ち着いたわ」

「えへへ……ラヴィ様、シルフからこれ貰《もら》ってきたので……飲も？　一緒に」

と、ココナッツと二本の藁《ストロー》を取り出すノーム。

「まってて、今穴開けるから」

「ああ、そのくらいラヴィに任せなさい。ちょいっとな」

ラヴィは手刀でココナッツをスパッと切り、その切り口に藁《ストロー》を差し込んだ。

「ありがとラヴィ様。……ふへ、一個のココナッツに二本の藁《ストロー》……仲良しっぽい……よね！」

「そーね。ラヴィもノームの事は嫌いじゃないしどっちかといえば好きよ」

「好き……！　わ、わ、感動……これはもはや親友……！」

二人でココナッツジュースを飲みながら、まったりとした時間が過ぎる。

しばらくの後、波に揺れる浮きがぴくっぴくっと動いた。

「おっ、かかったわね！　ていやっ」

一発で魚を釣り上げるラヴィに、ノームは「おおー」と拍手を送った。

「結構な大きさね。食べ応えはありそうだし、ステリアも喜ぶかしら」

「ラヴィ様は食べないの？」

「魚の血って生臭いからあんまり好きじゃないのよ」

「そういえば吸血鬼だもんね……」

と、今度はノームの釣り竿の浮きがピクピクと反応した。

「よーし、ボクも……んぎぃ!?」

ノームもラヴィのように一発で、とはいかず、ぐぅんと釣り竿がしなり曲がった。

「これは相当な大物ね。ラヴィも手伝ってあげようか？　おねだりしたらしてあげるわ」

「お、お願いします、ラヴィ様ぁっ」

「きゅはっ♪　いいわよ、ヨワヨワなノームにラヴィが手を貸してあげる！」

二人で釣り竿を掴《つか》み、持ち上げる——と、更に釣り竿が曲がった。これ以上は折れるのではないか、という勢いだ。非常に重い。根がかりでも起こして岩を釣ってるのかと勘違いしそうになるが、ビンビンと釣り竿に伝わる強弱のある感触は生物のそれだった。

「なによこれ!?　クジラでもかかってんの!?　こんな浅瀬で!?」

「マーマンかも、ですね……ッ？　クラーケンという可能性も……ッ！」

「こうなったらちょっと本気出してあげるわよ！　せぇい!!」

ラヴィが折れそうな釣り竿を放棄し、直接釣り糸を手にくくって引っ張る。糸が切れないように魔力を流して強化しつつだ。そんなことをしたら糸で手が傷だらけになっちゃうのではとノームは心配したが、ラヴィは最強吸血鬼。この程度なんてことはない。

「ぐ、ぐ、このぉ……！　で――――りゃああああ!!」

気合と共に、ラヴィはぐんと引っ張り上げた。ざばぁ！　と、波打つ海面から釣り上げられて飛び出す影――

「あいたっ！　あああ～ん　わたくし、釣られちゃいましたわぁー」

青い髪の人魚が岩場に落ちてきた。下半身は魚のそれで、しかしちゃんと踊り子のような服を着ていた。ただ、普通の人魚であれば岩場に落ちたら怪我《けが》をしているところだろうが……彼女は少し浮いていて、怪我はしていないようだった。

「あ。ウンディーネだ」

「御機嫌ようノーム！　気配がしたから遊びに来ちゃいましたの」

ひらひらと控えめに手を振る。

「……ふ～ん。四大精霊《エレメントフェアリー》のウンディーネか。……食べられるのかしら？」

「ぴぃっ!?　た、食べないでねぇー!?　お姉さん美味《おい》しくないわよ、多分……」

「ラヴィ様、ウンディーネは水の精霊だから血は流れてないよ」

「じゃあ食べられないわね。リリースしましょ」

「えっ、そんなぁ……お姉さんも仲間に入れてぇー？」

こうして、四大精霊《エレメントフェアリー》のうち三人がバカンスに合流した。

「あ、これ多分サラマンダーも来るな……多分、すぐ。バーベキューでも始めたら確実ですラヴィ様」

「マジで？　四大精霊《しだいせいれい》フットワーク軽いわねぇ」

でもバカンスにおいて砂浜でバーベキューをやらないという選択肢はないので、人数が増えることを想定して食材を用意することにしておいた。

そしてノームの予言通り、釣りを終えて浜辺でバーベキューを始めてバーベキューの炭に着火したところで、サラマンダーが現れた。尻からは赤リザードマンのような尻尾が生え、頭上には髪飾りのような炎、ショートな髪は石炭が燃えていくように黒から徐々に火色に変わっている。

「よっ！　なんか楽しそうな事やってんじゃん、オレも交ぜてよ！」

そう言ってサラマンダーは青い炎のような挑戦的な瞳を細め、ニカッと歯を見せて笑った。海辺だろうが火があればどこにでも現れるのが四大精霊《エレメントフェアリー》で火を司《つかさど》るサラマンダーだ。他の三人が集まっていたのでとりあえず来ちゃったらしい。

「ホントに来たわね。ただでさえ暑いってのに」

「でしょ。サラマンダー、楽しそうなことしてると大体くるの……あつい」

ラヴィとノームはかったるそうに意見が合う。

と、ここでラヴィはちらりとステリアを見る。……火にトラウマがあるステリアだが、サラマンダーは大丈夫そうだ。精霊の炎だからだろう。追い返すことにならなくてよかった、とラヴィは心の中でほっと息を吐いた。

「あ、これ手土産な！　ミノタウロスのサーロインだよっ」

「大歓迎するわサラマンダー！　ノーム、バーベキュー台増やしましょ」

どでん！　とサラマンダーは十kgはありそうなドデカい肉の塊を取り出し、ラヴィに手のひらをくるっと返した。

「う、うん。あ、ステーキなら石板のほうが良い、かな？」

「どっちでもいいぜ、オレがアツアツにしてやっからさ！　しっかり火ぃ通してウェルダンにしてやるよ！」

「ちょっと！　焼き加減はレア！　断固レアよ!?　血の滴りそうなのがいいのよ！」

「えー？　ウェルダンのがうめーじゃん？」

肉の焼き加減については意見は合わないが、きっちり自分の分のステーキは確保するラヴィ。サラマンダーに任せると丸コゲまで燃やされそうなので、調理はコック眷属に任せることにした。

「ふふ。エレメントフェアリー勢ぞろいだねぇ」

「この場所って自然豊富だからね、アタシたちも動きやすいんだよ」

コック蝙蝠に野菜も焼いてもらいつつ、雑談に花を咲かせるステリアとシルフ。

「お魚お魚ー、コッチも焼きましょうねー？」

その横ではウンディーネが魚を捌《さば》いて焼いていく。

「はぁーん、お魚をバターで焼くの最高。海と陸のマリアージュ……！　白ぶどうジュースに合うのよねぇー」

「……人魚みたいな姿をしているのに魚に容赦はないのね、ウンディーネ」

「あらラヴィ様。大型のお魚が何を食べているかご存じ無いのかしら？　ほかの魚を食べているんですよ」

言われてみればある程度の大きさの魚は小魚を食べるものだ。ある程度の大きさの魚も、より大きな魚に食べられる。そして、人間大のサイズ——人魚ともなれば、当然、魚を食べるのだろう。

「というか、海の生物を魚と言ってひとくくりにするのは、エルフやドワーフ、牛や豚をぜーんぶ『陸の足付き』としてひとくくりにするようなもの。海への無知ですわ！」

「言われてみればそうね」

「まぁ、わたくしは海のような広い心で許して差し上げますが。ウンディーネなだけに」

あ、お刺身食べます？　と捌いた魚を焼かずに差し出すウンディーネ。ラヴィは遠慮しておいた。

「ほれほれノームぅ、オレの麦ジュースが飲めねぇのかぁ？」

「うぐぅ……の、飲む、飲むけどそんないっぱいは……あ、た、た、助けてラヴィ様ぁ」

「あら。楽しそうじゃないの。いいわサラマンダー、ラヴィと飲み比べで勝負よ！　こっちは城のぶどうジュースを出すわ！」

「おーし！　じゃあオレも麦ジュース樽《たる》で出すぜ樽で！」

サラマンダーに絡まれているノームを助けたりもしつつ、ラヴィ達はなんやかんやバーベキューを、海を堪能《たんのう》した。

「ラヴィちゃん、私もぶどうジュースと麦ジュース飲みたーい」

「ステリアは程々にしときなさいよ。あと飲んだら海入るの禁止だから」

「えー？」

少し不満げなステリアだったが、この後海に入るまでもなく寝入ってしまったのはココだけの話。

＊　＊　＊

「へぇ。転移魔法陣！　城ごとたぁ中々スゲーもんがあったな」

何杯目かの麦ジュースとぶどうジュースをジョッキで堪能しつつ、ラヴィはサラマンダーにここに来た経緯を話す。

「でしょ。で、今回海を堪能したら、次は山にでも行ってみようかと思うのよね。サラマンダー、いい場所知らない？」

「お、そんならオレいいとこ知ってるぜ！　っつーか、前にオレたち四大精霊《エレメントフェアリー》で作った温泉宿なんだけどな！」

シルフが景観の良い場所を探し、ノームが宿を建てて、ウンディーネが水源を調整、サラマンダーが湯を沸かした温泉宿、その名も『エレメントの湯』。山奥にあるその宿の温泉は柔らかな泉質で、ミネラルとマナがたっぷり含まれており、万病予防に治癒回復、お肌の調子も良くなるらしい。

「ふぅん、温泉宿ねぇ。うーん、でも山らしい楽しみとはまた別っぽい気がしない？」

「といってもよラヴィ様。山で何すんのさ？」

サラマンダーに言われて、確かに山でなければできない事を考えてみるラヴィ。

「えーっと、バーベキュー、は、海でもできるしおいといて……キャンプ、野営とか？」

「え、城があるのにわざわざ野営すんの？　なら宿に泊まってけよ」

「キノコ狩りとかどうかしら」

「素人にキノコは危ないぜ？　ちゃんと美味《うま》い奴《やつ》を宿の飯に出してやっからさ」

「じゃあ紅葉を見たり、星を眺めたりとか？」

「宿で温泉に入りながら見ようぜ。良い景色だぞー？　紅葉はちょい時期が先だけど」

「……万年雪のある山の山頂で雪遊びとか？」

「それ寒くね？　もっと熱くなろうぜ！　温泉がいいぞ！」

どうあがいてもサラマンダーは温泉宿を勧めたいらしい。

「そこまで言うなら、行ってあげても良いわ。……でもなんでそこまで勧めたいのよ？」

「元々オレらが自分達用に作った宿だったからそれはそれで良かったんだけど、そろそろ誰か持て成してぇなーってなったんだよ。ただ、めっちゃ辺鄙《へんぴ》なトコにあるから客が来ねぇんだわ」

そこで、城ごと近くまで来られるラヴィならいける！　と思いついたらしい。

「でも温泉宿っていっても、タタミとかワシツはないわよね？」

「なんだそりゃ？　詳しく教えろよラヴィ様」

「あら、いいわよ。っていうか見たほうが早いわね……うーん、四大精霊《しだいせいれい》ならたぶん大丈夫か。ちょっときなさい、神器で異世界の温泉宿ってのを見せてあげるわ。……秘密だからね？」

ラヴィは一旦ルーナ・プレーナ城にある微笑水晶《ニコニコクリスタル》の部屋までサラマンダーを案内し、和風の温泉宿の映像を見せた。

「……これだッ！　オレ達の宿に足りなかったのはコイツだったんだ！　よーし、そうと決まればノームに宿をリフォームしてもらうぞ！　すぐ調整してもらうから！」

「えっ、ノーム飲み過ぎでぐったりしてたけど大丈夫？」

「大丈夫大丈夫！　ノームはすげーんだぞ？　シルフが見つけた場所を均《なら》したのもノームだし、ウンディーネの水質調整用の鉱物を用意したのもノームだし、オレが湯を沸かすための竈《かま》だってノームのお手製なんだぜ！　ノームならきっとできる！」

「……ノームの仕事多すぎない？　大丈夫？　過労死とかしない？」

「大丈夫だ！　ノームはオレたちの中で最強だからな！」

あのオドオドして自信なさげな子が、四大精霊《エレメントフェアリー》で最強らしい。

「もしアイツが本気で引きこもったら誰も勝てねぇよ。シルフの風は壁に止められちまうし、ウンディーネの水が削るより早く堤防を厚くできるし、オレの火も竈に閉じ込められちまうんだぜ。な、最強だろ？　勝ってるのは背の高さくらいだぜ」

それでも僅差だけどな！　とサラマンダーは笑った。

「ノームとラヴィ様でいい勝負すんじゃゃねーか？」

「ラヴィはかわいらしさで売ってるから背は低くていいのよ。そうだ、ステリアを決闘代理人に出すとしましょう」

「あのエルフか。っつーかあいつ多分ウンディーネよりおっぱいデカいよな！　豊穣《ほうじょう》の女神かと思ったぜ！　ラヴィ様もあんな感じになりたかったりするの？」

「そもそもラヴィはオトコノコだから、流石にステリアみたいに、とは思わないわね」

「へ？　ラヴィ様ってオスだったんだ？　てっきりメスだと思ってた。不死者は性別分かりにくいよなぁ」

繁殖をする必要がないから、性方面の成長が出にくいのだ。精霊であり同じく不死者なサラマンダーがそれを言うのね、とラヴィは肩をすくめた。

「……ん？　でもそれを言うとウンディーネはすごく女の人っぽいわよね？」

「そりゃウンディーネだからな。母なる海ってよく言うだろ？　ウンディーネは元々女だから、繁殖とは関係なく母性としての特徴が出たんだろ」

サラマンダーの披露する精霊豆知識を聞いて、そういうものなのかとラヴィは思った。

「あ。サラマンダー。ステリアにはラヴィの性別はナイショよ？　あの子、ラヴィの事を女の子だと思ってるから。何で秘密かは——まぁ、聞かないで頂戴。しいて言えば……ラヴィはあの宝槍《ほうそう》みたいに撫でまわされたくはないのよ」

サラマンダーはステリアが常に抱えている静寂の宝槍ルーを思い出す。槍《やり》を相手にまるで家族や恋人のように振舞っていたステリア。実際に親友が彼氏にでもなったら確かにあれの対象になりそうだな、と納得した。

「分かった！　四大精霊《エレメントフェアリー》の名に懸けて秘密は守るぜ！　んじゃ、ノーム連れて宿作り直してくるから、完成したら来てくれよな！」

そう言ってサラマンダーは部屋から出ていった。ビーチに戻ったらノームもいなかったので、多分本当に温泉宿のリフォームをしに行ったのだろう。精霊なので過労死は多分しないだろうが、次会ったら少しは労《ねぎら》ってあげようと思った。

＊＊＊

そして数日後。海にも飽きはじめてきたところで、ラヴィ達のもとにサラマンダーから連絡が入った。宿のリフォームが完了したらしい。

「さすがノーム、仕事が早いわ」

ラヴィは早速海から温泉宿近くへとルーナ・プレーナ城を転移させることにした。

「ステリア、忘れ物はないわね？」

「大丈夫だよー。温泉楽しみだね、ラヴィちゃん！」

眷属達も忘れ物はなさそうである。

「わたくし達は先に宿へ行っていますわね。おもてなしの準備しなきゃよシルフ！」

「オッケー。先回りしてお待ちしてるね、ラヴィ様、ステリアちゃん！」

ウンディーネとシルフも城の転移で一緒に行くかと誘ったが、こちらは来た時同様自力で行くらしい。

眷属達も皆ビーチから引き上げて、ラヴィは魔法陣を再起動。一旦元の廃都へと戻った後、今度は温泉宿の近くへと転移させる。

「つきゅはぁ――――！　さすがに二回連続でこの量の魔力流すのは疲れたわぁ！」

「ラヴィちゃんお疲れ様。ちゃんと山奥に到着したみたいだよ」

城の外に出ると、そこは紅葉の広がる人里離れた山奥だった。

「山と森以外なんもないわね。眷属、ホントにここであってんの？」

「はい。シルフ様に教えていただいた座標の通りのハズですよラヴィ様」

流石にもう一セット連続で魔法陣起動させるのはキツイわよ、とキョロキョロあたりを見回していると、崖の陰に隠れるようにひっそりと佇《たたず》む宿を見つけた。距離的には一ｋｍほどで、飛んでいけばすぐだ。

「アレね！　行くわよステリア！」

「あっ、待ってよラヴィちゃーん！」

バサッと翼を広げて飛び上がるラヴィを追いかけ、ステリアは宝槍《ルー君》を手に走り出した。


崖のふもとに佇む温泉宿は、歴史のありそうな重厚な雰囲気を醸し出していた。深い藍色の瓦屋根のついた漆喰《しっくい》の外壁の中、門をくぐった先には木々に囲まれた石畳の小道がある。その先にあるのは伝統的な木造建築の宿。暖かな灯《あか》りが窓から漏れ、訪れる者を優しく迎え入れる。そこに仁王立ちのサラマンダーとノームが待ち構えていた。

「どーだラヴィ様ッ！　ノームが突貫工事で作ってくれたぜ、完璧だッ！　中も凄いぜ、ワシッもちゃんと作ったからよ！」

「本当に作ったんだ。ノームってば有能ね」

「そ、それほどでも……えへ、えへへ」

褒められてまんざらでもなさそうに笑うノーム。

「だよな、やっぱ最強精霊はノームで決まりだなッ！」

「ふぇぇ!?……うう、そんなはずないよ。サラマンダーの炎は石をも溶かして穴を開けちゃうし、ウンディーネは土にしみ込んでくるし、シルフも岩のスキマに入り込んでくるんだよ？　ボクは最弱だよぉ……」

サラマンダーは自分の評価と大きく食い違う自己評価を言うノームに、やれやれと肩をすくめた。

「それよりも凄いのは、ラヴィ様発案のデザイン……すごく革新的でした……！」

「えっ、この宿のデザインって、ラヴィちゃんが考えたの？」

「あら、違うわよステリア。異世界のデザインを教えてあげただけ。……ここだけの話よ？」

ラヴィはしーっと言いながら人差し指を唇にあてた。内緒、のポーズだ。

「ああ、ラヴィちゃんちにあるあの神器見せてあげたんだ。私にはよく見れなかったけど……ちょっと嫉妬しちゃうな？」

「しょうがないわよ、神器は相性ってモンがあるからね」

サラマンダーとノームは二人を宿に招き入れた。玄関の受付カウンターは飛ばし、フローリングの廊下を歩けばすぐにワシツに到着した。

「着いたぜ、ココがワシツの間だ！」

そこにはサラマンダーに映像で見せた通りの和風の部屋があった。木製のテーブルに掛け軸のあるトコノマやフスマ。そしてなにより緑のタタミだ。ふわりと草の香りが鼻をくすぐる。タタミの上を靴を脱いで歩けば、固い中にもふわりとした柔らかい踏み心地。

「ドリアードにイグサってのを頼んで、ノームが仕上げたタタミが目玉だな！　オフトンも作ったぞ」

ドリアードは植物の精霊だ。四大精霊《エレメントフェアリー》に近しい存在と言われているが、土《ノーム》と水《ウンディーネ》には頭が上がらないらしい。

「……生産系でノームの右に出る者はいないわね」

窓から見える庭の木――よく見たら石でできているオブジェだった――を見て、ラヴィは頷《うなず》いた。

地属性はそのあたりホント強いわ、と。

「も、モノ作りにだけは自信があるんで……ふへ、えへへ……」

「オレの火も、風も水も、ほっといたら形が保《も》たないもんなぁ」

そしてフスマの中に、簡素な布の服が置いてあった。

「ユカタ！　ユカタも作ったのね！」

「これ服？　どうやって着るの？」

「……どうやって着ればいいのかしらね？」

その後、ノームにユカタの着方を教えてもらい着替えて食事をする。

食堂ではシルフが野菜やキノコを焼いていた。

「いらっしゃーい！　なんにする？　おススメは森の恵みの適当盛り！」

「あ、ラヴィはミノタウロスのレアステーキにぶどうジュースで」

「えー？　ラヴィ様、折角山に来たのにどこでも食べられるようなもの食べるの？　アタシが張り切って取ってきたキノコだよ？　食べて食べてー！」

トレーに載せたキノコを見せるシルフ。

「まぁステーキの付け合わせ程度なら食べてもいいけど、ラヴィはそもそも吸血鬼よ？　血じゃないと食べてもそんな意味ないわ。あ、芋ジュースは美味しくいただくわよ」

「むむ、それを言われちゃ仕方ないねぇ」

肩をすくめるシルフ。

「このキノコおいしいねぇ！　それにユカタも着心地よくてまるで何も着てないみたい」

「ステリア、ステリア。帯ほどけてはだけてるわよ」

「あらら？」

ステリアの帯をラヴィがきゅっと締めなおす。

「ありがとラヴィちゃん。えへへ、まるでラヴィちゃんがお母さんみたいだね」

そう言いながら、ステリアは芋ジュースを飲んだ。透明だったので、水と間違えてか一気にグイっと飲んでしまった。

「あっ！　それ結構キツいからそんな風に飲んだら――」

「ふにゃあ……ラヴィちゃーん……お野菜も食べなきゃだめだよぉー……」

そしてアッサリ潰れた。ヤレヤレ、とラヴィはこめかみを押さえつつ、シルフと協力して倒れたステリアをオフトンに寝かせておいた。

「まったく。ステリアってば温泉宿にきて温泉に入る前に潰れるなんてね」

ラヴィは一人、温泉へと移動した。

ノーム謹製の温泉宿は、脱衣所もちゃんとそれらしくなっている。棚があり、着替えを入れるカゴが置いてあるタイプだ。また、脱衣所も温泉も男女で分かれておらず、完全に混浴になっているようだった。サラマンダーに見せたドーガ《動画》でそこまで詳しく映していなかったからだろう。

ラヴィは脱衣所でスパッとユカタを脱ぎカゴに突っ込むと、早速浴場へ入る。

「さて、メインの温泉よ！」

温泉は露天風呂だった。半分だけ屋根があり、雨等に対応しつつも空も見えるようになっている。

景観はとても開けていて紅葉の鮮やかな山が良く見えた。

ほんのりと甘い香りがするのはハーブを入れて薬湯にしているからだそうだ。

温泉本体は丸い石を並べた縁《ふち》に囲まれており、手前には洗い場がある。

「入る前に身体を洗わないとね。それがマナーだもの」

と、ラヴィは洗い場で椅子に座り、スポンジで石鹸《せっけん》を泡立てた——その時。

「ラヴィちゃぁああん！　一人で先に行っちゃうなんてヒドいよぅ！」

「きゅあ!?　ステリア!?　寝てたんじゃないの!?」

スパァン!!　と浴場の引き戸を勢いよく開けて、ステリアが入ってきた。もちろんユカタは脱ぎ去られ、白くなめらかな肌とどどんと大きなボリュームの胸がさらけ出されている。それでも、手にはしっかりと槍《ルー君》が握られているあたりは流石である。

「起きたよぅ、もー。あ、身体洗うところなの？　私が洗ってあげるねー？」

「ちょ、ステリア!?　ま、ちょ、ちょっと待ちなさい！」

芋ジュースの影響でいまだ気分が高揚しているステリアに「待て！」と命令しつつ、ラヴィは念のためにそっと自分の股間に手を伸ばし、身体の一部だけを蝙蝠に変換した。女の子になる秘技である。これで万一にもラヴィが実は男であるとステリアにバレることはないだろう。

「スポンジ借りるねー？」

「あっ、ちょ、それ違っ」

と、ステリアがその小さな蝙蝠をひょいと摘《つま》み上げ、石鹸をつけてゴシゴシと泡立て始めた。そして自分の体をスポンジ代わりの蝙蝠で洗い始める。

「きゅぁああ!?　なにしてんのステリア!?」

「良いコト思いついたの！　私が泡泡になって、それでラヴィちゃんにむぎゅーってすれば二人いっぺんに洗えるよ！」

抱き着こうとしてきた、泡に包まれてヌルヌルぷにょぷにょなステリアを手で押しのけるラヴィ。

「そ、そういうのは手抜きしないでしっかり洗った方がいいわよ、ほら、洗いにくい所とかあるし……」

「あ、耳の後ろや羽とか尻尾の付け根の下とかもしっかり洗わなきゃだね」

ステリアは泡を纏《まと》った蝙蝠をぎゅっと握った。ひゃんっ！　と身体を硬直させるラヴィ。その隙をつかれ取り押さえられるようにして、ステリアに身体の隅から隅までをゴシゴシと擦《こす》られ、ラヴィは完全にノックアウトされた。洗い場の石畳に倒れ伏し、ビクンビクンと痙攣《けいれん》している。

「ううぅ……け、汚された……ッ、ラヴィ、もうお嫁にいけない……ッ」

「？　綺麗《きれい》になったよー？　泡流すね」

「きゅやあああ!?」

桶《おけ》からザバーッとお湯を流され、流水に晒されるぞわぞわ感でラヴィは震えた。完全にトドメである。

「あれ。よく見たらこれスポンジじゃなくて蝙蝠くんだった。ゴメンね？　ちゅっ」

いつも槍《ルー君》にするように、泡を流した蝙蝠に軽くキスするステリア。なんという追い打ちか。もうラヴィはボロボロである。身体はピカピカだが。

「お、温泉、せめて温泉に入って回復を……！」

ステリアが槍《ルー君》をスポンジで洗っているうちに、ラヴィは温泉に入る。温泉はかけ流しではなく、湯船に溜《た》まっているタイプだったので安心して入れる。湯気立つ熱い湯に、ゆっくりと足から入っていく。

「あきゅふぅ……染み渡る……」

ウンディーネこだわりの温泉。ほんのり白濁した不透明な湯は、浸《つ》かれば肌がスベスベになるという。湯に肩までつかると思わず声が漏れた。花の甘くリラックスする香りが鼻をくすぐり、何とも言えないほんわかした気持ちになる。ステリアに削られた精神がゆっくりと回復していった。

しばらくするとステリアも体を洗い終え、湯船にやってきた。

「ふあぁー……んん、お風呂、温かいねぇ……ルー君も気持ちいい？」

ちゃぽん、と自身と一緒に槍の柄を温泉に浸けるステリア。尚、その胸の谷間にはラヴィから強奪した蝙蝠が挟まっていた。

「髪は湯船につけないようにね。……ちょっとステリア。その子早く返して」

「えー？　この子ちっちゃいラヴィちゃんみたいで凄く可愛いのに」

湯船に浮かぶ豊かなふくらみに挟まれ、つんつんと突かれて蝙蝠は身体を強張《こわば》らせている。

「〰〰ッ、い、いいから返しなさいっ！」

ラヴィはステリアの胸の谷間に手を突っ込み、蝙蝠を奪還した。まだ身体には戻せないので髪の

毛に隠し、ようやく一息つくとラヴィは改めて肩までお湯につかった。

「はぁ、温泉、いい香りだねー。ハーブだと思うけど、なんてハーブなのかな?」

「花の名前はあんまり詳しくないのよね。あとでウンディーネに聞いてみたら?」

「呼んだー?」

「のひゃあ!?」

ざばぁ、とお湯の中から唐突にウンディーネが顔を出してきた。勿論《もちろん》服は着ていない、温泉内なので。ぷるんとした張りのある肌を見せつけ、ステリアに負けず劣らずのたわわがラヴィの目の前で揺れた。

「い、いきなり出てこないでよ、ビックリするじゃないの!」

「えー? ラヴィ様が呼んだのに……」

しょうがないわねぇ、と離れるウンディーネ。ぱちゃぱちゃと湯船で泳ぎつつも一切波がラヴィ達のところまで届かないのは無駄に技術が高い。

「花の名前については良く分からないけど良い匂いでしょう? こう、夜中に光る白い花でしたわ」

「……もしかして月光花? エクスポーションの素材になる貴重な花だよ?」

「そういう名前だったかもしれませんわね。確かにポーションの材料だったはずですわ」

植物の名前には興味がないようだが、ウンディーネはそう答えた。

「まぁポーションの素材になるってことは、身体には良いって事ね」

とラヴィは湯に口元まで沈んでぷくぷくと泡を立てて遊ぶ。

「お？　ラヴィ様、身体に良いからって湯を飲むなよ。エルフの出汁《だし》でも出てるのか？」

「あらサラマンダー。……入るの？　お湯に？」

背後にサラマンダーが立っていた。大事なところは火が隠している。というか火精霊なのに温泉って大丈夫なのかしら、と見やると、サラマンダーはニヤリと笑った。爬虫類《はちゅうるい》な赤いしっぽが得意げに揺れる。

「オレが熱した湯だぞ？　オレらが入る為《ため》に作った温泉でもあるんだ。入らないわけねぇだろっ、と！」

と、サラマンダーはラヴィの隣にばしゃーんと飛び込んだ。しぶきをまともに頭に被《かぶ》り、ラヴィはむぅと口をとがらせて不満を表明する。

「シルフとノームも呼ぶか？　すぐ来るぞ」

四大精霊《エレメントフェアリー》が全員入っても十分な広さの温泉だが、ラヴィは首を横に振って断った。

「ノームはさておき、シルフを呼んだらもっと騒がしくなりそうだわ。遠慮しとく」

「それはそう」

サラマンダーの同意も取れたところで、ラヴィはようやくのんびりと温泉を堪能する。

「ん？　なんだこいつ」

サラマンダーが湯船に浮かんでいた小さな蝙蝠をひょいと摘み上げた。むずっとした感覚にハッとして髪の毛を探れば、隠していたはずの蝙蝠がいなかった。先ほどかぶった湯で流されたのだろう。

「んんー？　なんか妙な気配がすんなぁ……？」

「あっ、ちょっと、返しなさい！　それはラヴィの蝙蝠よ！」

そう言うとサラマンダーはイタズラげにニヤッと笑った。

「へぇー？……ほい、ウンディーネ、パス！」

「はい？　キャッチですわ！」

ぽすん、とウンディーネの胸の谷間でキャッチされる蝙蝠。

「あ！　ちっちゃいラヴィちゃんな蝙蝠くんだ！　ウンディーネさん私にも貸してー？」

「あらあら、取れるものならどうぞ取ってみてくださいまし、うふふっ」

精霊はイタズラ好きだ。それは四大精霊《エレメントフェアリー》でも同じであった。ステリアがウンディーネをぱちゃぱちゃと追いかけ、ウンディーネは蝙蝠を挟んだまますいーっと温泉内を移動する。ステリアが蝙蝠を取ろうと手を伸ばし、それがウンディーネの胸に当たってぷにゅんぐにゅんと蝙蝠を圧迫した。ぷるんっと弾《はじ》き飛ばされて、すぽっと太ももに挟まれたりもした。

「ま、ひゃんっ、ホントにダメだからぁ!?　ラヴィの蝙蝠返してぇ!?」

ラヴィが涙目で手を伸ばすもステリアとウンディーネは夢中で蝙蝠を奪い合い、ラヴィが足をガクガク震わせてのぼせ倒れるまで蝙蝠は返ってこなかった。

気付けば翌朝になっていた。

「まったく、とんでもない目にあったわよ！」

顔を真っ赤にして倒れたラヴィを引き上げたのはノームで、ひんやりした石に膝枕でラヴィを寝かせつつ「やりすぎ！」とサラマンダーとウンディーネを叱ったらしい。熱冷ましにほどよいそよ風を吹かせてくれたシルフにも感謝だ。

「いやー、ノームにガツンと怒られちまったぜ。悪かったな、ラヴィ様！」

「ノームの拳骨《げんこつ》は石だから本当に痛いんですよ……すみませんでした、ラヴィ様」

「……次やったらラヴィも本気で怒るからね」

あまり悪びれないサラマンダーと、一応は反省していそうなウンディーネに、ラヴィはやれやれとため息をついた。ラヴィの蝙蝠は眷属達が無事保護してくれていたので、朝まで無事だったのがせめてもの救いか。

「それでどうよラヴィ様。本格的にそこらへんに住まない？　いつでも温泉にこれるぜ」

「一泊だけでくたくたよ。気が向いたらまた遊びに来るけど、こういうのは旅行で来る程度が丁度いいわ」

「むぅ、そっか。絶対また来てくれよな！　次は温泉饅頭《まんじゆう》ってのも研究しとくから！」

約束はしないわよ、とラヴィは手を振った。

「途中からあんまり覚えてないけど、楽しかったね！　また来ようね、ラヴィちゃん！」

「当面旅行はしなくてい良いわ……やっぱり、慣れたいつもの場所が一番寛《くつろ》げるもの」

帰った後、ルーナ・プレーナ城の引越し魔法陣を次に使うのは当分先になるだろう。ラヴィはそう思った。

第五章　配信者、ラヴィ！

今日も今日とてルーナ・プレーナ城。先日はちょっと城ごと海や山に出かけたりもしたが、千年を超えて存在している廃城だ。

そう、千年を越えて存在している。廃城とはいえ、千年以上ここに住んでいる城主のラヴィが居て、臣下の蝙蝠達《こうもりたち》もいると考えれば――ある意味千年王国と言っても良いかもしれない。そんじょそこらの人間の国なんてラヴィ達にとってはポッと出の新参である。

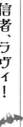

「つまり、ラヴィは偉くて凄《すご》いのよ！　分かるかしら？」

「わーラヴィ様すごーい。あ、今日の晩御飯は久々にＧＢＲなんていかがですか？」

なんとなしに玉座でふんぞり返るラヴィに、眷属《けんぞく》が生返事しつつ晩御飯のメニューを提案してきた。

「嫌に決まってるでしょ!?　っていうかＧＢＲじゃなくてゴブリンの血って言いなさいよ、ラヴィもうそれ騙《だま》されないんだからね!?　っていうかもう財政的には何も問題ないはずでしょ、何でゴブリンの血なんて飲まなきゃいけないのよ！」

「いやー、あんまり贅沢《ぜいたく》しすぎてると普段の何気ない日常のありがたみも薄れちゃいますし。たまには最底辺を思い出した方が生活にハリも出るんじゃないかなって思った親心的なアレです」

「要らないわよそんな親心！　ラヴィは常に最高で輝き続けるんだからねっ！」

それを聞いてヤレヤレと羽をすくめる眷属。

「ラヴィ様。最高というのは常に自己を更新し続ける必要があるんですよ。一番上に座っていれば安泰、ではないんです。過去の自分に劣ったら、それはもう最高とは言えなくないですか？」

「急に説教じみた事言ってくるじゃないの……なによ、眷属はラヴィが可愛《かわい》くないとでもいいたいの？」

「いえいえとんでもございません！　ラヴィ様はいつも、同じくらい、可愛いですよ？　伊達《だて》に千年ラヴィ様やってませんよね。いつも通り可愛いです……ですが」

それはつまり、昨日も今日も代り映えしないな、ということである。

「まぁ、現状維持――全く同じ状態を続けるのも、最高を維持する一つの手ですか。……消極的でラヴィ様には似合わないとは思いますが、いいんじゃないですかね、そういうのも」

「おぉぅ。何よ眷属。今日はやけに煽《あお》ってくるわね。言いたいことがあるならもっとハッキリ言いなさい、ラヴィはまだるっこしいのは好みじゃないのよ」

こうなると逆に眷属に何か言いたいことがあるんじゃないか、とラヴィは発言を促す。

「先日、ラヴィ様温泉に行ったじゃないですか」

「ん？　そうね」

「お風呂上りのラヴィ様がいつもより超可愛かったんですよね……」

「……ラヴィはいつも可愛いわよ？」

というかその風呂上りって、気絶してステリア達に運ばれていた気がするのだが。

「その時、気付いちゃったんですよ。不老不死でこれ以上はない永遠の最高《ピーク》かと思ってたラヴィ様……けれど、本当はまだ上があったって……!!」

ぐっ、と羽を握りしめる眷属。

「目指しましょう、さらなる高みを！　さぁ！」

「えー？　そんなこと急に言われてもねぇ」

「え？　できないんですか？　まぁ最強の吸血鬼と言っても昨日の自分には勝てないですもんね。諦めましょう……それがラヴィ様の限界なんです、ってね」

「なによそこまで言うならやってやろうじゃないの!!」

チョロい。眷属はほくそ笑んだ。

翌日、さらなる高みを目指すべく案を練ってきたラヴィ。

「と、いうわけで『配信』をやろうと思うの」

「ハイシン、ですか？」

聞き慣れない言葉に首をかしげる眷属。

「まず何が『と、いうわけで』なのかを教えてくださいラヴィ様」

「何よ。眷属がもっと可愛いラヴィを見たいって言ったんでしょうが」

ふん、と不満げに頬《ほお》を膨らませるラヴィ。

「だから、どういう経緯でそうなったんですか？」

「今までやっていなかったことをやらなきゃ、今までを超えられないでしょう？　そこでラヴィが目を付けたのが『配信』よ」

「ふむふむ。それでその、ハイシンというのは？」

「簡単に言えば、多くの人にラヴィの愛らしい姿を届ける行為よ。微笑水晶《ニコニコクリスタル》は知ってるわね？」

「ええまぁ」

眷属達を束ねる他より体の大きな代表は、微笑水晶《ニコニコクリスタル》を見ることができるタイプの眷属だった。起動には魔力が足りないのでラヴィの斜め後ろから眺めるくらいしかしていないが。

「微笑水晶《ニコニコクリスタル》から分離したこの撮影宝玉《カメラオーブ》を使うと異世界に配信ができるのよ。チャンネルってのも作ったわ！　ラヴィの配信チャンネルを気に入って登録してくれた人の数が多ければ多いほど強いらしいわ」

「ほほう、大体わかりました。……いまはまだゼロ人なんですね」

「ええ。作りたてで何もしてないからね。そして、この人数が増えていくことこそ、眷属の言ってた昨日のラヴィを超えていくことになるわ」

ふふん、と得意げに鼻を高くするラヴィ。

「目指せ、チャンネル登録者数百万人よ！」

「百万人!?　とんでもない目標ですね!?」

「ラヴィの魅力なら十分狙える範囲よ!!　やってやるわ!!」

こうして、ラヴィの配信者生活が幕を開けた。


「手始めに、初配信。これ結構大事なところなのよね」

配信の方針を決める、大事な大事な第一回。まずはその内容を計画するところから始まった。

＊＊＊

かつて栄えた国の面影を残す朽ちた都。その中央にそびえ立つ古城、ルーナ・プレーナ城。

そのとある部屋、誰も居ない場所に可愛らしい声が響く。

「我こそは、千年を生きる吸血鬼の真祖であり始祖である。崇め、怯《おび》え、奉れ！」

蝙蝠達が集まり、赤いベルベット生地の一人掛けソファーに変身する。重力を無視して浮かぶ錨《いかり》のような足をした不思議なソファーだ。そこに、追加で蝙蝠の群れが飛んできて、一人の可愛らしい少女に姿を変えた。ベージュ色の髪、赤い瞳、ピンクの角。ソファーに腰掛けて足を組み、右手を平らな胸に当てる。左手は優雅に謡う吟遊詩人のように外に向け、蝙蝠の羽をピンと伸ばす。

「栄えある我が名はラヴィ・シュシュマルシュ・コル・ウェスペルティーリオ。吸血鬼の王である！」

そう言って、古城の主《あるじ》、ラヴィは得意げに、自信満々に名乗りを上げた。

それを一部始終、撮影宝玉《カメラオーブ》が撮っていた。

「はーい、というわけでおにぃさん達ー？　は・じ・め・ま・し・て！」

先ほどと打って変わって、可愛らしい雰囲気をまき散らすラヴィ。

「ラヴィのことはラヴィって呼んでね。……ん？　『しーじーすごいですね』？　なにそれ？」

と、蝙蝠を一匹手に載せてにっこりと笑うラヴィ。

撮影宝玉《カメラオーブ》には、配信に送られたコメントを簡易表示する機能があった。今読み上げたのは、そこに流れるコメントだった。尚《なお》、それなりにラヴィの分かる言語に翻訳される機能付き。さすが神器！　と言わざるを得ない。

「えーっと、今来てるのは……十人ね。ちょっと少なくなーい？」

無名の新人デビュー配信。見に来たのは掘り出しモノを探しつつ、サムネイルでラヴィの可愛らしい顔を見て気になって気まぐれにクリックした人。それが十人だ。配信者によっては視聴者ゼロ人であることもよくあると考えると結構多いとも言える。その秘密は、配信前に行った広告だ。ラヴィの魔力をつぎ込んでガッツリとやってやった。

「……今ここに居るおにぃさん達は古参だって自慢していいわよ。ラヴィはそのうちビッグになるからね！……『可愛い推しします』？　ふふん、アリガト。まぁラヴィが可愛いのは当然だけどっ」

ピコン、とチャンネル登録者が一人増えた。

「あら、蝙蝠が見たいの？　ほら眷属、こっちに来なさい」

「え、私も映っていいんですかー？」

「動物は結構数字がとれるらしいわよ……おお？　高評価が入ったわ！……チャンネル登録者数もプラス二人よ……ちょっとまって？　これラヴィより眷属の方が人気ってこと？」

少し複雑な気分になりつつ、そう拗《す》ねていると、さらに登録者が二人増えた。

「あら。……今のはどっちのおかげで増えたのかしら？　きっとラヴィよね？」

コメントに『圧助かる』と流れ、ラヴィはさらに首を傾《かし》げた。

「まぁいいわ。自己紹介なのだから、ラヴィのことをもっとおにぃさん達に教えてあげる。……『もしかして実写？』って。カメラに撮る以外で何かあるのかしら？……『3Dボディじゃない、実物か？』、そうね。ラヴィは本物よ。コスプレ？　あー、確かにこれ普段着だけど、オシャレしても良かったわね……」

撮影宝玉《カメラオーブ》相手に、コメント返信しながら話すラヴィ。くるっと回って見せたり、ポーズを取ったり。

「って、そうそう。自己紹介だったわね。最初にも言ったけどラヴィは吸血鬼よ！　千年を生きる真祖なの。この蝙蝠は眷属で、ラヴィの家族よ。……おにぃさん達もラヴィの眷属にしてあげても良いわ……ファンネーム？　そうね、丁度いいからファンネームは眷属で決定だからね」

そう言ってラヴィは笑顔で、可愛らしくウインクをする。

「……えへへ。眷属眷属、見てよコレ。『可愛い』『好き』『最高』だって！」

「まぁラヴィ様可愛いですからね。おや、私にもコメント来てますね、『喋《しゃべ》るコウモリもふもふ可愛い』……どーもでーす！　私こそラヴィ様のいちの眷属！　皆さんが眷属なら、私はさしずめ眷属長！　眷属長とお呼びください！　リーダーでも可！」

調子に乗ってパタパタとカメラの前で飛ぶ眷属に、ラヴィはやれやれと肩をすくめた。

「ちょっと眷属。いや、眷属長？　今日はラヴィの初配信なのよ？　アンタが目立ってどうすんのよ」

「ラヴィ様、『古来より動物と子供は数字を取れるという実績があってじゃな』とのことですよ！つまりこのまま私が撮影宝玉《カメラオーブ》の視線を釘付《くぎづ》けにしても大丈夫——」

「さすがにメインのラヴィを全部隠して映るのはやりすぎよ！」

ひょい、と首筋を猫のように摘《つま》み上げられ「ぐえー」とカメラの前から退《ど》かされる眷属長。

「さてさて、それじゃあ自己紹介の続きね！　えーっと、まずは好きな食べ物かしら。血の滴るレアステーキが好物よ。あ、ニンニクは絶対抜いてよね！　この間それでひどい目にあったんだから」

ガーリックステーキを食べさせられそうになり、鼻をつまんで退散したのを思い出す。

「それと、ぶどうジュースが好きよ。年代物の甘くない辛口のヤツ！　喉がカーッと熱くなるのが堪《たま》らないのよね、いくらでも飲めちゃうわ。……『血以外も飲み食いできるんですね』って？　ええ、ラヴィ真祖だからね。でも野菜は食べないわよ、血だけ飲んでれば栄養は足りるし……なによりトマトジュースは絶対にノーだからね！」

両腕を胸の前でバッテンにして拒否を示す。

「お？　『十字架は大丈夫なの？』、ね。ふむふむいい質問よおにぃさん。ラヴィは真祖だから教会のシンボルでもへっちゃらなの。え、『逆に弱点を知りたい』？　うーん、ラヴィ最強だから弱点らしい弱点は……あ。ゴブリンの血は飲みたくないわね。ゲロマズなのよ。トマトジュースの方がまだマシかもしれないわ」

順調に自己紹介を進めていくラヴィ。と、そこに一つのコメントが流れた。

「『可愛い女の子ですね』？　あら。ラヴィは女の子じゃないわよ？」

即座に、自然にそう答えたラヴィに、気が付けば三十人ほどに増えていた視聴者によるコメントが一瞬止まった。

そして『えっ、男……？』『そういえば最初、女王とか姫とかじゃなくて王って言ってたような』『どう見ても女……だよね？』『男の娘《こ》？』『こんな可愛い子が女の子なワケがないだろ！』とコメントが流れる。

それを見て、ラヴィはきゅふっと小さく笑う。

「ラヴィの性別知りたい？……それってそんな重要かなぁ？」

♂♀のマークを魔力玉に書いて浮かべて、ぽんと消して見せる。

「きゅふふっ！　可愛ければどっちでもよくなぁい？……ま、隠す程の事でもないから言っちゃうけど、ラヴィは可愛いオ・ト・コ・ノ・コ、なのよね。そこのおにぃさん正解、ってトコかしら」

ニマニマと悪戯《いたずら》っ気のある笑みを浮かべ、ラヴィはソファーから降りて立ち、撮影宝玉《カメラオーブ》を掴《つか》んで床に置いた。

「正解したご褒美に、ラヴィが踏んであげるわ！　きゅははっ、うりうり～！」

撮影宝玉《カメラオーブ》を足蹴にするラヴィ。とはいえ、実際に宝玉を壊すわけにもいかないので、あくまでも軽くではあるが——

——コメント欄は大はしゃぎした。『見え』『スカートの中スパッツ？』『ラヴィ様!?　お、お戯れをっ』『ぶひぃ！』『黒』。と、性別カミングアウトにより一瞬同時接続数が二十五人になったが、すぐに三十五人まで増えた。

「こんな小さなオトコノコに踏まれて、恥かしくないのぉー？　ねぇねぇ！　今どんな気持ち？

ねぇねぇねぇー！」

「ラヴィ様、撮影宝玉《カメラオーブ》が壊れちゃいますよ！」

「あら、しょうがないわね。眷属がうるさいから、今日のご褒美はここまでよ」

と、カメラを拾って元の位置に戻す。

「まったく、そんなによかったの？　きゅふふ……まっ、次の配信でまたシてあげるわ」

幼くも艶のある表情で、優しく撮影宝玉《カメラオーブ》を撫《な》でるラヴィ。

「また次も来てね、眷属のおにぃさん達。チャンネル登録と高評価もしてってよね！　バイバーイ！」

そう言って、ラヴィは撮影宝玉《カメラオーブ》に向かって手を振った。配信終了。

＊＊＊

「どうよ眷属、これがラヴィの実力ってやつよ！」

「私には凄いのかどうかわかりませんけど、お疲れ様でしたラヴィ様」

初配信を終え、ラヴィのチャンネル登録者数は三十人を超えた。最初の壁は百人とか千人とか言われているが、ともかく無名の新人としては大変順調な滑り出しだった。

「配信盛り上がってたでしょ！　ま、アッチの眷属おにぃさん達がラヴィを初めて見たんだから当然よねー」

「おにぃさん、って言ってますけど、女性の方は見てないんでしょうか？」

「あー……面倒だからおにぃさんで統一するわ。どうせアッチの顔は見えないし。と、それじゃあ早速だけど、今の配信の切り抜きドーガ《動画》を作るわよ！　見所をまとめて初見でも分かりやすくするのが伸びるコツだってドーガ《動画》で見たわ！……じゃ、頼んだわよ眷属」

「え？　私が作るんですか？　どうやって？」

「微笑水晶《ニコニコクリスタル》をいい感じにこう……ヨシ！　ドーガ《動画》編集モードになったわ。眷属、操作はできるわね？」

ラヴィがちょいちょいと微笑水晶《ニコニコクリスタル》を弄《いじ》ると、先ほどの初配信を編集できるようになっていた。

「なんでもありですね、さすが神器。……まぁ、ラヴィ様の可愛さをまとめるなら私が最適なのは間違いないですけど」

「それじゃあよろしくね、眷属！」

「かしこまりましたー」

かくして、ラヴィの配信者生活は本格的に幕を開けた。

数日後。ラヴィは順調に配信者として活動を続けていた。

「昨日は踊ってみたドーガ《動画》を投稿してみたけど、どうかしら？」

「五十再生……うん、現状ではまぁまぁですね。あ、初配信の切り抜きドーガ《動画》が五千再生突破しましたよラヴィ様」

それを聞いてラヴィは複雑な気分になる。初配信切り抜きの伸びが良いのか、踊ってみた動画が伸びてないのか。ただ、チャンネル登録者数は順調に三百人を超えていたので、きっと前者だろう。

「ふふ。……ウマウマもきっとそのうち伸びるわ、なにせ人気のダンスだからね！」

「次は歌ってみたも撮影してドーガ《動画》にしましょうラヴィ様！」

「そうね！　さーて、今日も配信しましょうか。…………こんラヴィちゅー！　今宵《こよい》もラヴィに吸われたいおにぃさん達がたっくさん来てるわね。根こそぎ吸い取っちゃうぞー！　なにを吸い取るのって？　なんだろうねぇー？」

こうして何度目かの配信を始める。定型挨拶もできていた。

基本的にラヴィの配信は、異世界設定のロールプレイ雑談配信と認識されていた。ラヴィのあまり代り映えしない日常を話しつつ、魔法をちょっと披露したり、鏡に映らないのを見せたりだ。

「手品？　いや、これは魔法よ。あ、そっちの世界にはマナとかないんだっけ？　あとラヴィが鏡に映らないのはラヴィが吸血鬼だからね」

そして実際、ラヴィの配信は雑談が全てだった。というか、現状雑談しかしていないと言っても過言ではない。精々『踊ってみたドーガ《動画》』と同じウマウマを踊って見せたくらいだ。

「『ゲーム配信してほしい』？　残念ね、ラヴィってばゲーム持ってないのよ。こっちの世界にはゲームないのよね。あーあ、持ってたらラヴィが格上だってワカラセてあげられたんだけど」

そう。雑談以外に何をしたらいいかが思いつかなかったのだ。他の配信者がよくやっているゲーム配信もラヴィにはできない。そしてそろそろ話すネタもなくなってきていた。千年生きる吸血鬼でも、ラヴィは基本的に家でゴロゴロするタイプなのだ。

「ぱそこん？　ってのがあれば色々できるの？　でもそれもないのよねー……『今配信に使ってるものは何か』って？　きゅふふ、よく聞いてくれたわね。これはラヴィの持つ神器の一つ！　異世界のドーガ《動画》を見ることができる微笑水晶《ニコニコクリスタル》よ！」

と、撮影宝玉《カメラオーブ》で微笑水晶《ニコニコクリスタル》を映す。撮影宝玉《カメラオーブ》に浮かぶコメントが『芸が細かい』『ホログラムだ！』『いまだに仕組みが分からない』『精巧すぎて本当に異世界なの感動する』と賑《にぎ》わう。

「だーかーらー、ラヴィはそっちとは異世界にいるんだってば。眷属のおにぃさん達は本当に物覚えが悪いのね。きゅははっ、あったまわるーい！」

ラヴィの罵倒に『メスガキ助かる』『ラヴィ様ー！』『俺は信じてるぞー！』と肯定的なコメントが飛び交う。まったく度し難い、けれどラヴィはこういうどこか外れた連中が嫌いではないのだ。

ラヴィだって人の道を外れて吸血鬼をやっているのだから。

しかし、ラヴィは少し悩んでいた。最近チャンネル登録者数の伸びが悪いのだ。やはり雑談配信だけでは限界がある。ここらで何か新しい企画を打ち出さねばならない――そんなとき、一つのコメントが目に入った。

「ん、『異世界ならエルフはいるのか』って？　ええ、いるわよ。ラヴィの……と、友達でね、可愛い子よ？　こう、背や胸は大きいけど。まだ三百歳にちょっと足りないくらいだったかしら？　人間で言うと二十歳くらいじゃないかしら――」

ステリアの事を思い浮かべつつそう言うと、『おっぱいエルフ……!?』『オネショタ百合《ゆり》ですか!?』『エルフ見たいですラヴィ様！』とコメントがエルフを求める声に染まる。

「わかったわかった。次来たらステリアも配信に来るか聞いとくわよ。ま、五年以内には来るでしょ」

『長命種特有のガバ時間管理』『五年後も配信続いてたらベテランになってるな』『誤魔化《ごまか》すにしても五年後にはちゃんと連れて来いよ！』

「嘘《うそ》じゃないわよ！　ただステリアが来るのが気まぐれだから、ラヴィからはいつ来るか分からないってだけなの！」

『あー、エルフさん側のガバ感覚かぁ』『ラヴィ様大好き！　エルフのお友達いるなんて！』『いつか来るエルフさん楽しみにしてます！』……コメントも喜んでいる。これはイケるのでは？　と、ラヴィは思った。約束してしまったからにはステリアに聞かないとな。と、ラヴィはしっかり覚えておくことにした。

それから半月後。ルーナ・プレーナ城にいつものように遊びに来たステリアにしっかり確認を取り（なかば押し切るように誘ったのは否めないが）、撮影宝玉《カメラオーブ》の前に連れてきた。ラヴィは約束を守る吸血鬼なのだ。

「こんラヴィちゅー！　きゅふふ、今日も朝まで一緒に楽しもうね！　はーい、というわけで今日は特別ゲストが来てまーす」

「ラヴィちゃん、今の何？　こんラヴィちゅ？　とっても可愛いね！」

「挨拶よ挨拶。さっき教えたでしょステリア」

ラヴィも配信を続けていてすっかり慣れたもので、ステリアをちょいちょいと手招きで呼び画面に収める。

「あ！　じゃあこれが撮影宝玉《カメラオーブ》なんだね！」

「そうよ。これを使えばラヴィ達のキュートでラブリーな姿をお届けできるのよ」

「凄い凄い！　微笑水晶《ニコニコクリスタル》と違って私にも表示が見えるし読めるよー」

目をキラキラさせて撮影宝玉《カメラオーブ》を覗《のぞ》き込むステリア。『でっか』『エルフさんだ！』『半月で仕上げてくるとは……』とコメントが反応し、ステリアは自分に対して話しているコメントに驚いた。

「ラヴィちゃん、これ私のこと？　撮影宝玉《カメラオーブ》の向こうに異世界の人たちがいるんだっけ」

「そうよ。あっちの世界は人間だけで、エルフとかドワーフとかはいなくて見るだけでも珍しいらしいわ。耳をよく見せてあげたら？」

「人間だけなの？　エルフが珍しいからってこっちに奴隷狩りにきたりはしない？」

「行き来できる方法がないから大丈夫よ。ねぇ、おにぃさん達？」

ラヴィの発言に続いて『ご安心を、我が国では奴隷は禁止されてます！』『むしろ俺達がブラック企業の奴隷なので……』『エルフ耳見せてー！』……と、一部悲しみを含みつつも好意的なコメントが流れるのをみて、ステリアはホッと一息ついた。

「そっか、それなら大丈夫だね。初めまして！　私はステリア・ララ・シルワ。見ての通りエルフだよ。こっちはルー君！」

静寂《ルー》の宝槍《君》にも『カッコいい槍《やり》だ』『おー、ファンタジー』『出来が良過ぎる……え、ガチ？』とコメントが付く。これにはステリアもニッコリだ。

「えーっと、耳が見たいんだっけ？　これで見え……耳の中を覗かれるのは少し恥ずかしいな。ラヴィちゃん、耳かきして？」

「えー、自分でしなさいよ。ほら耳かき棒」

「むむ、ラヴィちゃんのけちー」

ポイッとなげられた耳かき棒を受け取り、ステリアは自分の耳を掃除しはじめた。

「こらそこ！『耳垢《みみあか》売ってください』とか言わないの、ラヴィの眷属でしょ！　欲しがるならラヴィのにしなさいよ！　まぁラヴィは不死身の吸血鬼だから殆《ほとん》ど垢とか出ないんだけど」

「え？　ラヴィちゃんも耳かきする？　私がしてあげるよ？　ほらほら」

そっとハンカチで耳かき棒を拭いながら、ステリアはラヴィを膝枕する。達人の身のこなしにラヴィはポスッとステリアのフトモモに頭を横たわらせられる。

「あ、こ、こらぁ。今配信中……ふぁぁぁ……」

「ホントだ、全然耳垢ないねぇ。……『てぇてぇ』？　ラヴィちゃん、これどういう意味なの？　あと『そこ代わってラヴィ様』、だって」

「ぁー……代わるのは下心のあるおにぃさん達にはちょーっと無理ねぇ。『てぇてぇ』ってのは、あー、そうね。なんかいいものを見たっていう意味よ」

「へぇー、ラヴィちゃん物知りだね！　いい子いい子」

ステリアはラヴィの頭を撫でつつ、顔をぷにぷに触った。

「さりげなく人の耳もみもみしないでくれる？　ラヴィも揉《も》むわよ、ステリアのふっといフトモモとかを！」

不服を申し立てるラヴィだが、コメントは好評だ。『百合助かる』『なんだカップル配信か、もっとやれ』『キャッキャウフフで浄化される』『画面が美少女で幸せ』……それを横目に見て、やはりステリアは数字が獲《と》れる、エルフの美貌は異世界にも通用する、とラヴィは思った。

配信終了後。ステリアの登場でラヴィのチャンネル登録者数は一気に六百人を超えていた。

「ラヴィ様、ステリア様で数字を取るのって、ラヴィ様の可愛さっていえますかね？」

アーカイブの切り抜き編集をしつつ眷属が聞く。

「人脈ってのもラヴィの力よ。つまり、ステリアを呼べるラヴィが可愛いにつながる！」

「登録者数が増えればそれだけラヴィ様を見る人も増えて、ラヴィ様が可愛いという認識を持つ人間も比例して増える、ってことですね。まぁアリとしましょう」

結構な好意的解釈でセーフになった。

「そうと決まれば、ステリアがいるうちに何かこう……企画をしたいところね！」

企画。雑談配信ではない「何か」。ラヴィ一人ではできないことも、ステリアと二人ならできるというものだ。

「良いと思いますよ、結局ステリア様初登場では朝まで延々と雑談になりましたし。企画すれば視聴者も喜ぶでしょう」

「むしろ雑談耐久配信になってたじゃないの。ステリアも撮影宝玉《カメラオーブ》相手にしゃべり続けて……配信時間の上限がなかったら十年は止まらなかったわよアレ」

さすがステリア、配信者の才能あるわね。と、ラヴィはしたり顔で頷《うなず》く。

「さて。それで企画……どーいうのにしようかしら」

企画をパク……研究すべく、微笑水晶《ニコニコクリスタル》で他の配信者のアーカイブを見る。その中の一つにラヴィは目を付けた。

「……！　眷属、これよ！　これやりましょう！」

「え、正気ですか。……いや、映像映えはしますね。いいでしょう、準備しておきます」

「ラヴィはステリアを誘ってくるわね！」

準備を眷属に任せ、ラヴィはステリアに次の配信にも参加しないかと誘いに向かった。


「こんラヴィちゅー！　今日はステリアと料理配信をするわよ！」

「こんラヴィちゅー、ラヴィちゃん、料理配信ってお料理するの？　だから今日は台所なんだね」

今日はいつもの撮影部屋ではなく、ルーナ・プレーナ城の調理場にきていた。撮影宝玉《カメラオーブ》は眷属が持っている。普段と違う背景にコメント達も『おお、なんかレトロな洋風キッチン』『ラヴィ様とステリアちゃんの手料理！』『異世界食材あるの？』と盛り上がりを見せる。

「アシスタントの眷属長です。それではラヴィ様、ステリア様。今日は料理長の指示に従ってお料理してくださいね」

コック帽をかぶった眷属、料理長がパタパタと画面に入ってくる。

「えー」

「えーじゃないですよラヴィ様。レシピ分かるんですか？」

「ステーキならどうせ切って焼くだけでしょ？　折角《せっかく》ラヴィが料理するんだから今日はラヴィの好物、ミノタウロスのレアステーキを作るわよ！」

どどんと肉塊を取り出した。城の氷室に保管されていた美味《おい》しそうなお肉をちょっと拝借して持ってきたのだ。『何だこの肉、すご』『ミノタウロスってことは牛肉かな？』『これは焼くだけで間違いなく美味しいヤツ』『コック帽コウモリ可愛い』とコメントが流れる。

「わぁ、すっごいお肉だね。じゃあ私は付け合わせの何かを作ればいいのかな？　コック長さん、よろしくね」

「うう、ステリア様は素直で大変よろしいです。あー、ラヴィ様。……せめて強火にはしないでくださいね」

「配信に地味な画《え》を延々映すわけにもいかないわよね。ラヴィの魔法で一気に焼き上げるわよ！」

「言ったそばから!?」

カマドに火球魔法《ファイアボール》をぶち込むラヴィ。そっとステリアからは見えないように立ち位置を調整してはいるが、その些細《ささい》な気遣いとは反比例した超強火。撮影に垂れ流すように魔力を使いながらでは細かい調整が利かなかったというのもあるが、肉はフライパンの上で悲鳴を上げるように焼き上がった。

「焦げる！　焦げてるからもうひっくり返してくださいラヴィ様！」

「え？　まだ完全に生よね？　さすがに少しは火を通すわよ」

「レアステーキはじっくり焼き上げる繊細で難しい焼き方なんですよぅ!?」

料理長の叫びもむなしく、ラヴィのフライパンの上には黒焦げと生が共存したミノタウロスステーキ（半生）が出来上がっていた。

「……ラヴィ様、これちゃんと食べてくださいよ？　コメントさん達も『折角のお肉が』とか『食材を無駄にしないでください』とか言ってますよ」

「うぐっ……こ、ここはほら、黒焦げになった所に回復魔法かけたら何とかならないかしら。ステリア、ちょっと回復魔法いい？」

「え？　その焦げたお肉に回復魔法かければいいの？……えい、レクティオ！」

「あっ！　ダメです、ミノタウロス肉に回復魔法なんてかけたら――」

料理長の制止もむなしくステリアの手からキラキラと回復魔法が飛ぶ。フライパンの上の半分黒焦げになった肉がブルッと震えた、と思ったら黒焦げの部分がポロリと剥《は》げて、生の部分からは小さな牛の足が生えてくる。そして身をよじってフライパンから立ち上がり、走って逃げていった。

「うぇ!?　なにこれ!?」『今の何!?』『CGやべぇ』『料理配信だと思ったらプチホラー動画だった件』

ラヴィとコメントが動揺する中、おろおろするステリアと、やれやれとため息をつく料理長。

「あーあ。ミノタウロスは生命力強いので回復魔法かけるとステーキからでも少し復活しちゃうんですよ。上手《うま》くかけると肉が増やせなくもないですけど、それはそれで難しいので素人にはちょっ

と」

「ご、ごめんねラヴィちゃん。私、ミノタウロス肉にレクティオかけるとああなるなんて知らなくて……」

「ラヴィも千年生きてて知らなかったわ……変なコト頼んじゃってゴメンね。あーびっくりした」

「しばらくは元気に走ってると思うんで、あとで捕まえて焼き直しときますね」

料理長は他の眷属にミノタウロスステーキを探しておくように頼んだ。

「ってステリア様はステリア様でいつの間にか何してるんです？」

「え？　ほら、ステーキの付け合わせといえばスープでしょ？『本当に大丈夫ですか』って？大丈夫大丈夫！　お姉さん、ポーション作るのは得意だから任せてよ」

そう言いながら鍋の中に槍《ルー君》の石突を突っ込み、ゴリゴリと食材を潰していたステリア。視聴者の不安そうなコメントも当然である。

「お、おお、全部ペースト状になってますね……ステリア様、これはスープではなくポタージュになります。まぁステーキの付け合わせとしては良い選択ですが」

「え？　そうなの？」

というか静寂の宝槍《ルー君》を料理道具に使わないで欲しい、と木べらを渡す料理長。ステリアは改めて食材を潰していく。

「というか、本当は小さく切るなり薄く切るなりして少し煮てから潰すものなんですが……」

「あー……ポーションとは少し作り方が違ったんだね。ごめんなさい」

「いえいえ！　ラヴィ様よりはまだリカバリーが効くので!!　えーっと、それじゃあバターとミルクを入れて煮込みましょう。よく混ぜて、コショウで味を調えたら出来上がりです」

「はーい」

ステリアは料理長の指示通りに鍋をかき混ぜながら煮込み始める。そして流れるように回復魔法をかけた。

「……ステリア様？　今何しました？」

「え？　あ。ごめんなさい、ポーションを作ってるときの癖でレクティオを——」

ぶるぶる、と鍋の中のポタージュが震えて、ざばぁっ！　と足の生えたニンジンが飛び出し、走っていった。ミルクはひっくり返され、ステリアが思いっきりかぶっていた。

「ちょっとステリア様ぁー！　マンドラゴラが脱走しちゃったんですけどー!!」『ただのニンジンじゃなかった！』『異世界食材だったかぁ！』『マンドラゴラって本当に走るんだ……』

「あれ。おかしいな、いつものポーション作りでもこんな事は……あー」

ステリアは手に持っていた木べらを見て、そういえば普段は静寂の宝槍《ルーくん》で混ぜてたな、と思い出した。静寂の宝槍《ルーくん》は名前の通り、相手の行動を封じたりできる神器の槍。おかげでどれだけ回復魔法をかけても材料は復活しないでポーションになってくれていたのだろう。

「ルー君、すごいね！　いつもお手伝いしてくれてありがとう、ちゅっ」

若干とろみがついてべったりとしているミルクを拭いつつ、静寂の宝槍《ルー君》にキスするステリア。コメントも『うっ……ふぅ』『ゴクリ』と生唾を飲み込む。

「あー！　マンドラゴラがミノタウロスステーキに乗って脱走をー！」

「いけません、いけません止まってー！　あー！　ぶどうジュースがー！　あー！」

がしゃーん、ごしゃーん、と調理場のそこここで何か落ちる音が響く。

「うわぁ、なんか大変なことになっちゃったわね」

「えっと……ラヴィちゃん、なんかごめん」

「取れ高は中々でしたよ、お二人とも！」

結局、料理配信は滅茶苦茶《めちゃくちゃ》になって、料理長がステーキの付け合わせにと作っていたマタンゴソテーだけがお皿に残った。視聴者の感想は『エリンギじゃないのこれ？』『足の生えたエリンギか』『最初から足生えてるけどこいつだけ普通に料理されてるのは草生える』とのこと。

大変な盛り上がりを見せた料理配信だったが、ステリアがミルクを被《かぶ》ったシーンがセンシティブ判定をくらい、配信終了後に警告を受けてしまった。

「……うぐぅ、警告を食らっちゃったわ。次に何かあれば垢ＢＡＮよ……！」

「動画編集も楽しいですね、ラヴィ様！　次は何しますー？」

先日の料理配信を編集した切り抜き動画《ドーガ》は、あっという間に一万再生を突破したらしい。

「うーん、ステリアは数字取れるけど諸刃《もろは》の剣ね……というか心が狭いわ。おっぱいがちょーっと透けただけじゃないの。ねぇ眷属？」

「十分真っ当な判定だと思いますよー。該当部分を黒で隠したらＯＫでしたし」

「ぐぬぬっ……！　ラヴィだってフトモモ見せたりしてるのに……」

歯噛《はが》みするラヴィに、「そういえば次の企画ですが」と眷属が話を戻す。

「なんでも、今は『ダンジョン配信』ってのが流行《はや》っているらしいですよ」

「ダンジョン配信？　あら、あちらの世界にもダンジョンってあるのね」

どうやら動画《ドーガ》についたコメントによるリクエストがあったらしい。丁度いい、そろそろ城の外にも行ってみようかと思っていたところだ。

「問題はステリアを連れていくかだけど……」

ステリアを連れて行くと垢ＢＡＮの危険性が高まる。しかし数字は延びる。なにより、ダンジョン攻略にステリアはとても有用だ。ラヴィだけだと空を飛んで罠《わな》を素通りしたりしてしまい、ダンジョン攻略の配信感が薄れてしまいかねない。

「やっぱり見所は必要よ。ほら、ラヴィが最強すぎたばっかりに出てくる敵がみんなワンパンだったら困るでしょ！」

「うん？　そういうものなんですかね？」

「まぁラヴィは手加減も超一流だから、そこらへんの心配はあんまりないけどね」

じゃあ別にいいのでは？　と眷属は思ったがスルーした。ステリアが数字をとれるのは事実だったので。


「ステリア！　ダンジョンにいくわよ！」

「んー？　ラヴィちゃん、お出かけ？　配信はもういいの？」

「外で配信するためにダンジョンに行くのよ。丁度良さげな場所も見繕ったわ」

眷属が見繕ったダンジョンをあたかも自分の手柄のようにステリアに伝える。

「『死王の陵墓』、とかいうダンジョンよ。百年くらい前に死んだ人間の国の王様の墓なんだけど、なんかダンジョンになったんだって」

死んだ王様の怨念が墓をダンジョン化し、国を滅ぼしたらしい。

「ダンジョンになってる、ってことは、モンスターが沸くんだよね。アンデッド系？」

「らしいわね。……あれ、そういえばラヴィも一応アンデッドになるんだったっけ？」

「ラヴィちゃん吸血鬼だもんね」

「ま、こういう話は現地に行ってから配信しながら話しましょ。ネタとリアクションがもったいないわ！」

というわけで、ラヴィとステリアは撮影宝玉《カメラオーブ》を手にダンジョンへと赴いた。

「こんラヴィちゅー!! 今日は流行だって聞いたダンジョン配信よ！ きゅふっ。おにぃさん達、コレこういうの、好きなんでしょぉ？」

『好きー！』『うん、大好きさ！』『おいらもだーい好きでゲス！』『ちょ、マジでダンジョン!?』『初の外配信！ 異世界検証ガチ勢が捗《はかど》るな……』『ステリアちゃんも居る！』とコメントが一斉に流れる。同時接続数は百人を超えており、そろそろ個別のコメントを拾えなくなってきた。

「うんうん、コメントも絶好調ね。ステリアも準備はできてるわよね？」

「いつでも行けるよ！ 新作のポーションもカバンに入れといたからね。『モンスター怖いです』って？ 大丈夫、私が守ってあげるからね！ こう見えてお姉さんとっても強いんだよ」

ぐっと親指を立ててステリアは大きなリュックを背負った。

と、ここで今回潜るダンジョンの全景を映す。ピラミッドのような四角錐《しかくすい》型の巨大なモニュメントの墓。周囲も砂漠なので、ダンジョン内にはミイラでも出てきそうな雰囲気がある。

「今日行くダンジョンは『死王の陵墓』よ。百年くらい前に国を滅ぼした原因となったダンジョンね。死んだ王様のはた迷惑な怨念が彷徨《さまよ》ってるらしいわ」

「出てくるモンスターはアンデッド系、なんだよね！」

「その通りよステリア。……『吸血鬼もアンデッドでは？』って、ラヴィは腐ったりしてないからね!?　そもそもラヴィは真祖だから事情が色々違うのよ、こうして日の光を浴びても怠《だる》いだけで済むし……早く中に入りましょ」

ラヴィはそう言ってダンジョンに足を踏み入れた。追いかけてステリアと撮影宝玉《カメラオーブ》を持った眷属もダンジョンに入る。


ダンジョン内に足音が静かに響く。ランタンが無くてもなぜか明るいのはダンジョンの特徴だ。古代の――といっても、ラヴィとステリアにとっては比較的新しいが――石でできた階段を一歩一歩降りるたびに、埃《ほこり》が舞い上がった。

「中々に雰囲気あるわね。『これ本物ですか』ね。ええ、本物といえば本物かしら。多分、ダンジョンが作り直してるとは思うけど」

「色々壊しても一週間くらい誰も入らなければ元に戻るからねぇ。『ミイラとか出てきそう』……物知りだね！　この国、変な宗教があって、ミイラっていうのを作ってたんだよねぇ。乾いてて良く燃えるから火魔法が有効なんだけど、空気が悪くなるから気を付けないといけないんだよ」

コメントを適度にとりあげ返事しつつダンジョンを進むと、石造りの部屋に出た。

「ラヴィ様、ステリア様！　ここ何か彫ってありますよ！」

壁に撮影宝玉《カメラオーブ》を近づけると謎めいた象形文字が刻まれていた。これらの文字は、百年前にここに住んでいた人々の物語を語っているのだろうか。

「へぇ、『エジプト風だ』だって。エジプトっていうのはそっちの国の名前かしら。もしかしたら昔にそっちの人間がこっちに転移したのかもね？」

「壁画を見ると、この国、奴隷制だったみたい。みんなが奴隷狩りに関係してるとは思いたくないな……『少なくともウチのご先祖様じゃないとおもいます』なの？　そっか、そっちは島国で、えじぷとって国とはとても離れてるんだね。お姉さん少し安心したよ」

　ホッと息を吐くステリア。

　……そこに、カシャ、カチャと固く軽いものがぶつかり合う音が響く。近づいてくる音に撮影宝《カメラオ》玉《ーブ》を向ければ、そこには歩く骸骨達がいた。

「さぁ、出たわね。ダンジョンの醍醐味《だいごみ》の一つ――モンスターよ！」

「『骸骨が動いてる!?』……まぁ、スケルトンだからねぇ？　そういうものだよ」

「そうだ！　折角だから、ラヴィがスケルトンの対処法について教えてあげるわ」

　ラヴィが素手でスケルトンを殴りつけると、あっさりとバラバラに崩れる。

「こうして殴っただけでも動きを止めることができるんだけど、この状態だとすぐに組み上がってまた襲ってくるわ。でも大丈夫、対処は簡単よ。頭蓋骨を砕いてやればいいの」

　そう言って、スケルトンの頭蓋骨をバキンッ!!　と踏みつぶす。

「きゅふふ、おにぃさん達たちもスケルトンになったらこうして踏みつぶしてあげるわね……え？

『我々の業界でも拷問です』？　ラヴィに踏まれるんだから喜びなさいよ！」

憤慨するラヴィの横で、ステリアがスケルトンの頭を静寂の宝槍《ルー君》でたたき割っていく。

「えいっ！　えいっ！……ふぅー、『なんで脳みそも無いのに頭蓋骨を壊すといいの？』って？お姉さんも詳しくは知らないけど、スケルトンさんの魂は頭の中に住んでるって聞いたことがあるよ」

視聴者の質問に答えつつ、スケルトンを片付ける。この程度ラヴィとステリアにはただの動く障害物でしかない。危なげもなく、全て片付けきった。

「骨しかないと吸うモノなくてつまらないわね。『スープの出汁《だし》にしますか』……別に骨を食べたいわけじゃないわよ、犬じゃあるまいし。あとアンデッドモンスターって美味しくないから。ゾンビとか腐ってるし……おっと、罠があったわ」

ステリアが無造作に手を握ると、そこには矢が止められていた。

「矢が飛んできたね。……『普通に掴むんだ……驚き』、え、普通は掴まないの？」

「素人には難しいわよステリア。ラヴィなら勿論《もちろん》できるけどね」

飛んできた矢をラヴィも尻尾で軽く弾《はじ》き飛ばす。

「毒矢だったから、当たってたらステリアのポーションのお世話になってたところね」

「ラヴィちゃん、当たったら言ってね？　すぐ治してあげるから」

ステリアはそっと手持ちのポーションを確認する。何が来ても治せそうだ。

「そうね、その時は頼むわ。あ、次の罠よ、落とし穴ね。スケルトンも居るわー」

落とし穴を飛び越えたのち、『落とし穴の中見せて』というリクエストに応えて眷属が落とし穴の底（剣が生えている）を映す。本物のダンジョンによる中々の殺意に『ヒェッ』『リアルダンジョン恐ぁ』『スケルトン実際グロ注意』となっている視聴者眷属達をよそに、ラヴィ達はダンジョンを進んだ。


結構進んだところで、広大なホールにたどり着いた。天井は高く、中央には巨大な石棺が鎮座している。石棺の周りには、古代の儀式に使われたと思われる道具や装飾品が散らばっている。壁には、神々や王たちの姿が描かれ、彼らの栄光と権力を誇示していた。

「ここがボス部屋かしら。こんなしょぼいダンジョンに出てくるボスなんてタカが知れてるかしらね？」

ラヴィは無造作に石棺に近づき、その表面を指でなぞる。冷たい石の感触が手に伝わり、時間の重みを感じさせた。石棺の蓋には、複雑な模様と共に呪文が刻まれている。

「ステリア、これ読める？」

「うーん、ちょっと分からない。たぶんこの国だけで使われていた文字じゃないかなぁ」

「『棺《ひつぎ》に書かれてるということは、王様のミイラが入ってるとか？』だって」

「それありそう！　キミ、頭いいねぇ。ぎゅーってしてナデナデしてあげるね」

ステリアが眷属ごと撮影宝玉《カメラオーブ》をだきしめ、ナデナデした。『⁉』『谷間ー！』『す、ステリアぁー！』とコメントが暴れる。

「ちょっとステリア、ラヴィの眷属に勝手にご褒美あげないの！……大丈夫？　眷属」

ステリアから眷属と撮影宝玉《カメラオーブ》を取り返す。

「きゅはー、ダンジョンに宝とはこのことでしたか……！」

「ちょっと眷属？……まぁいいわ。そろそろボスのお披露目《ひろめ》といきましょう」

と、ラヴィはおもむろに石棺の蓋に手をかけ、投げ飛ばした。


『ラヴィ様力持ちすぎる』って？　そりゃそうよ、ラヴィは最強吸血鬼だもの！」

「ラヴィちゃーん、大きいの出てきたよー？」

石棺から、ここに来て初めてのミイラが出てきた。腕の太さだけでラヴィの身長くらいあるようなとんでもない大きさの——明らかに石棺よりもデカいが——王冠を被ったミイラが咆哮《ほうこう》する。

「『これまでスケルトンばかりだったのに、ボスはミイラなのか』『干からびているとはいえ肉付き……！』『大きい！　強敵の予感！』……まぁ、ラヴィにかかればなんてことない相手だけ、どっ！」

ぶぉん、と大きな手が振り回され、ラヴィは跳躍して避《よ》ける。

「私も読むね。えーっと。『巨人のミイラ！』『巨大ロボットとの闘いみたい』『か、勝てるの？』

……サラマンダーさんにお願いすれば簡単に倒してくれそうだけど、燃やすときっと臭いからしたくないなぁ」

ステリアもピョンピョンと飛び回ってミイラの手を躱《かわ》す。

「お二人とも頑張ってー！　でも少しだけ苦戦して見所作ってくださーい！」

「ちょっと眷属!?　ちゃんと応援しなさいよ、ああもう、見所ね、見所……あだっ！」

考え事をしていたせいでラヴィは振り回される腕にぶつかってしまった。吹き飛ばされて壁にべちっと激突する。

「ラヴィちゃん大丈夫!?」

「いたた、ちょっと怒ったわ……ええい、見所を作ればいいんでしょ、見所を作れば！　眷属召喚！」

ぶわぁ!!　とラヴィの足元から眷属の蝙蝠達が大量に現れる。『こんな時に手品!?』『コウモリじゃ巨人には勝てないんじゃ……』『血を吸わせるにも、ミイラには血は流れてなくない？』と心配するコメント。

「からの！　眷属変身、集合、合体！！！」

ラヴィの身体《からだ》がコウモリにばらけ、そこに先に召喚した蝙蝠が合流し――どぉんっ！　と、巨大なラヴィが現れた。巨大ミイラと二人並ぶと、広大な部屋がまるで狭い檻《おり》のようだ。少し腰を落とした状態で、向かい合うミイラとラヴィ。

「ら、ラヴィちゃんがおっきくなっちゃったよ!?」

「きゅははは!!　相手がデカいなら、ラヴィもデカくなれば見所満載でしょ！――『ウルトララヴィ様!?』『ジャイアントラヴィ！』『合体キングラヴィだ！』、きゅははは っ、こんなデカいだけのミイラ――ただのミイラよ！」

そう言って、ミイラとラヴィは手四つに組み合い、お互いの指を握り合いながら押し合う。

「がんばれラヴィちゃ――ん！　そこだー！」

「応援するステリア様も撮れ高ですね！」

ぴょんぴょんと小さく跳ねてラヴィを応援するステリア。たぷんたぷんと揺れる場所をなんとなしにアップで撮影する眷属。そして相手が一方的に大きければ確かに脅威だが、こちらも大きくなったのであれば、ラヴィの言う通りただのミイラだ。

ただのミイラ相手に、真祖の吸血鬼が負ける理由は一切ない。

「でぁあああ!!　ドデカラヴィぱ――んち!!」

ずごぉん!!　ミイラを押し切って、壁に押し付けて、さらに頭をごしゃぁ！　と殴りつける。ダンジョンが衝撃に揺れてパラパラと小石が落ち、ミイラはあっという間に粉砕されてあっけなく動かなくなった。

「弱っちーぃ、ざぁこざぁーこ！……きゅふふ、ちょっと本気出しすぎちゃったわね！」

ぱんぱん、と手に付いたミイラの破片を払い、ラヴィはカメラに向かってピースする。

「『巨大娘の需要も満たすなんて……おそるべしラヴィ様』。きゅふふ、また一つラヴィの魅力が炸《さく》裂《れつ》しちゃった？　おにぃさん達はホントにヘンタイさんばっかりなんだから」

ちゅっと撮影宝玉《カメラオーブ》に向かって投げキッスを飛ばすラヴィ。

「ところでラヴィ様、その大きさだと部屋から出られませんね？」

「ふぇ!?　あ、い、言われてみれば……！」

部屋の出入り口は人間サイズ。巨大化したラヴィでは精々腕しか通らない。

「ぐ、ぬぬぬ、きゅうぅ……っ！」

「ラヴィ様ー、おぱんつ丸見えです。はしたないですよー？」

「や、そんなとこ撮ったらダメよ眷属!?……『ステリアさんの魔法の槍でなんとかなりませんか？』って？　ちょ、ちょっとステリア。ルー君で突っついてみてくれない？　もしかしたら巨大化が解除されるかも……！」

「別にいいけど」

つんつん、と静寂の宝槍《ルー君》でラヴィのおしりをつつくステリア。

「でもラヴィちゃん、普通に解除できないの？」

「あっ……言われてみれば……も、もちろん分かってたわよ!?　ステリアがそういうのを待ってたのよ！……ちょっと！　『おいたわしやラヴィ上様』て何よ!?」

ぽふんっと大量の蝙蝠に変身し、大半を送還して元に戻るラヴィ。

「きゅふぅ、それじゃボスも倒したし、今日はこのくらいで帰りましょうか」

「そうだね。攻略と言ってもダンジョンコアの探索はまた別の話だもんね」

「帰るまでがダンジョン探索だけど、来た道を引き返すだけだし今日の配信はこのくらいにしておくわ。……え!? チャンネル登録者数千人超えたの!?」

配信を終えようとしていたラヴィの下に、コメントで『登録者数千人突破おめでとうございます!』『千人! すごい!』『そういえば同接も百人超えてた』等々のお知らせが来る。

「おお! やったねラヴィちゃん? 同接ってなに?」

「同時にこの配信を見てる人の数ってことよ! 百人も来てたの!?」

「ええ! 百人って小さな村よりも多いよ。さすがラヴィちゃんだね!」

しかも、チャンネル登録者数も改めてみれば千八十人になっていた。思わずにまぁと頬が上がる。

「きゅふふっ、これだけの人がラヴィの事可愛いって思ってるわけね! まったく仕方ないわねぇ? ラヴィの事、好きなんだぁ? これからも応援よろしくね! チャンネル登録と高評価、頼むわよ、お・に・い・さん!」

「ねぇねぇ、それじゃあお祝いにこれ飲まない? ぶどうジュース! ダンジョン探索終わったら一緒に飲もうと思ってリュックに入れといたの!」

「お! 気が利いてるじゃないのステリア! それじゃあダンジョンを引き返しながらぶどうジュ

ースで乾杯よ！」

その後来た道を引き返しながらぶどうジュースで乾杯し、疲れもあったのかアッサリ寝入ってしまったステリアを蝙蝠達に運ばせつつ、ラヴィは一人でぶどうジュースを瓶でラッパ飲みしながら帰還した。


そして、ラヴィの配信チャンネルは無事垢ＢＡＮを食らったのである。


翌日気分よく配信を始めようとして、ラヴィはそれに気が付いた。

「ど、どうして!?　どうしてラヴィが垢ＢＡＮなの!?」

「外見未成年のラヴィ様がお墓っぽいダンジョンにてぶどうジュースで乾杯、ステリア様を蝙蝠でお持ち帰り、暴力表現などなど……規約から考えると、心当たりは山ほどありますね……！」

さりげなくラヴィの尻を撮影していた自分の所業は抜いて報告する眷属。

「大丈夫？　ラヴィちゃん」

「う、うぐぅ……ステリアぁ、折角ここまで頑張ったのにぃ！」

「よしよし、ラヴィちゃん。ぎゅってしてあげるね」

ステリアは落ち込むラヴィを優しく抱きしめ慰める。そういえばステリアもこのおっぱいの谷間に埋めるようにして撮影宝玉《カメラオーブ》を抱きしめていたので、そこが原因かもしれないが。

「うー、ホントに何がダメだったのかしら……？」

「えっと。裸とかがダメだったんだっけ？　それだとスケルトンは不味《まず》かったのかも」

だってスケルトンは裸だもの。と、ステリアが気付く。

「ハッ！　そういえばあいつら服どころか肉すら着てない露出魔だったわ!?」

「そうですラヴィ様！　スケルトンが不味かったに違いありませんよ！」

納得するラヴィ。ここぞとばかりにスケルトンに責任転嫁する眷属。

とはいえ、仮にスケルトンが原因ならグロテスク表現によるものだろうが、責任がスケルトンにあったとしてもそれ以外にあったとしても、ラヴィのアカウントが消えたことには違いない。

その日は結局、アカウント消滅残念会としてぶどうジュースを浴びるように飲んだ。


「それでラヴィ様。どうしますか、アカウント作り直してまた一からやり直します？」

「や、うーん……もう配信はいいわ。ちょっと疲れたし」

と、ラヴィはぶどうジュースの瓶を抱きしめて床にゴロゴロと寝転がる。

「最高のラヴィ様を更新するのはもう止《や》めるんですか？」

「……程々が丁度いいって事よ。というか、別に気にしなくて良くない？　ラヴィがいつだって可愛いのは変わらないんだから」

眷属は察した。あ、これ飽きたんだな。と。

アカウントが消えたことで異世界の方では配信の真偽の調査を含めて伝説になっていたが、それもまたラヴィの魅力故だろう。ならば今尚ラヴィの可愛さは最高値を更新し続けていると言っても良い。

「まぁ当面は撮影宝玉《カメラオーブ》のデータで楽しむので良しとしますか」

眷属は眷属で、満足気に飛び立った。

第六章　負けを知りたいなぁー

ルーナ・プレーナ城は今日も平和だ。かつては栄えていた都も廃墟《はいきょ》となっており治める民がいるわけでもなく、仲間の眷属達《けんぞくたち》がいるのみで。皆で好き勝手して生きている。

あまりにも平和で暇すぎるルーナ・プレーナ城には、勿論《もちろん》娯楽だってある。例えばボードゲームだ。以前はサイコロを転がし大小を当てるギャンブルのようなゲームばかりだったのだが、最近はラヴィが微笑水晶《ニコニコクリスタル》で見たゲームを再現した盤上遊戯、チェスやリバーシという競技性の高いものだってある。

そしてそのゲームを持ち込んだのはラヴィなので、当然のようにルールを熟知しているラヴィが有利。さらに言えばある程度の定石だってドーガ《動画》で勉強している。立っているステージが最初から違うのだ。

というわけで、ラヴィは眷属の蝙蝠《こうもり》達を相手に今日も無双していた。

リバーシの最後のマスにパチンと白を置き、くる、くる、くる、と黒をひっくり返していく。半

数以上が白。ラヴィの勝利だ。

そして、その半数以上白いゲーム盤が、三つ横に並んでいた。

「あーん！　ラヴィ様強すぎですー！」

「ちょっとは手加減してくださいよー！」

「くぅ、三匹がかりでも勝てないだなんて……！」

リバーシ三面指し。一対三でラヴィは勝利していたのだ。

「あーあ、また勝っちゃった。負けを知りたいなぁー？　きゅはははっ」

「ラヴィ様、もう一回！　もう一回！」

「次はカドをください！」

「むむ、ここをこうきたらこう……!?」

「良いわよ、もっかいやってあげようじゃないの。何度やっても同じだろうけどね！」

と、駒をいったん片付けスタートに戻していると、他の眷属より一回り大きな、いつもラヴィの隣に飛んでいる眷属がやってきた。

「ラヴィ様、また子供達相手にリバーシしてたんですか」

「な、なによ眷属。悪い？」

「いーえー、そんな事一言も言ってないですよー」

そう言いながら、眷属は子供眷属達を横にのけ、ラヴィの対面にぽすっと座った。

「……なによ眷属？」

「え？　負けを知りたいんですよね？　教えてあげますよラヴィ様」

「上等じゃない！　ラヴィの先攻でいくわよッ!!」

返事を待たずにバチンッ！　と白を置くラヴィにやれやれと羽をすくめる眷属。

「我々の研究によれば、リバーシは後攻の方が有利なんですよラヴィ様。あと白って本来後攻ですよね？　ゲームを広めた当初にそう言ってたの忘れましたかラヴィ様」

「えっ」

そして数分後。盤面は見事に黒に塗り潰されていた。

「……ッ、や、やるじゃないの。で、でもまだ勝負はこれからよ！」

「いやここまできたらどうあがいても私の勝ちなんで。良かったですねラヴィ様、御所望の負けですよ？」

「あば、あばばば……ッ」

ラヴィは崩れ落ちた。これは反乱である。まさか眷属に反旗を翻されるとは。

「いやはや、眷属としてラヴィ様のご希望を叶《かな》えられて感無量ですねぇ」

「リーダーすごーい！」

「さすが眷属の長！」

「ラヴィ様に勝っちゃうなんて！　かっこいー！」

子供眷属達の尊敬が奪われ、ラヴィはてちてちと床を叩《たた》いた。

「うう……眷属ぅ……」

「ん？　どうしましたラヴィ様？」

「スポーツで勝負よ！　身体《からだ》を使う勝負なら負けないわ!!」

びしぃ！　と指を突きつけて言うが、ラヴィは人型、眷属は蝙蝠である。そもそも体格が違い過ぎる。

「大人げないっていうんですかね、こういうのって」

「ラヴィは永遠のオトコノコ！　つまり大人じゃないからセーフよっ！」

「んもー、ラヴィ様ったら屁理屈《へりくつ》ぅー。ま、私は大人なのでそういうのも許容してあげますとも。ええ」

既に器で負けている気がするラヴィ。こちらが主《あるじ》だというのに！

「……や、やっぱりラヴィは器が大きいから、ゲームで勝負してあげるわ」

「あれ？　いいんですかぁ？……マッシブ眷属の出番はなかったようですね、ちっ」

「マッシブ眷属!?　なにそれ!?」

「又の機会にお披露目《ひろめ》しますよ。キュフフフ……」

恐ろしい笑みを浮かべる眷属にラヴィはちょっとたじろぐ。

「ちょっと子眷属たち。マッシブ眷属ってなによ……？」

「おっきいです！」

「あるいてます！」

「ムキムキです！」

三匹からの情報から推測するに、他のコウモリよりも大きいのだろう。歩いていてムキムキというのは……ウォーキングして鍛えたのだろうか？

「つまり、アンタみたいな大きな眷属が増えたってコト？　ふぅん、やるじゃないの」

「むむ、ビックリさせようと思っていたのに。まぁ子供達にネタバレされちゃいましたが、実物を見たら間違いなく驚くだろうのでよしとします」

眷属は大きくても眷属だろうに、どう驚くと言うのだろうか。……もし身長が一ｍくらいあったらさすがに驚くかもしれない。

「それで、どんなゲームで勝負します？　実のところラヴィ様に教えていただいたゲームはみーんな年単位でやりこんでますからね私。自信アリです！」

「なによそれ、アンタ暇なの？」

どうりでラヴィが勝てないわけだ、とため息をつくラヴィ。

「……だったら、そうね。新しいゲームにしましょう！」

「新しいゲームですか。構いませんよ、新しい刺激に飢えていたところです」

それで、どんなゲームですか？　と尋ねる眷属だが、ラヴィは「ちっちっち」と人差し指を横に振った。

「他人の作ったゲームで遊ぶ時期はもう過ぎたわ。これからはラヴィ達が文化の最先端、自分達でゲームを作るのよ!!」

「なんと！　それは……面白そうですね！　やりましょう！」

チェスもリバーシもトランプも、この城にあるのはラヴィが伝えて手先（羽先？）の器用な職人眷属が作り上げた品々だ。元々この世界になかった玩具《おもちゃ》を作れる彼らであれば、オリジナルのゲームだって作れるはずだ。

ついでに、ラヴィに滅茶苦茶《めちゃくちゃ》有利なルールならこのやたら頭のいい眷属にも負けないはずである。というか眷属のくせに主人より頭が良いとは何事だ……と言いたいが、ラヴィより頭が良いから眷属全体の管理を安心して頼めるというのもあるわけで、痛し痒《かゆ》し。

「それでラヴィ様、どういうゲームにするんですか？」

「んー、そうねぇ。まずは……何をしたらいいのかしら？」

「ラヴィ様、無計画無軌道でゲーム作ろうって言いだしたんですか。……わかりました、では僭越《せんえつ》ながらこの私が陣頭指揮をとらせていただきます！」

眷属は羽でちゃきっと片眼鏡《めがね》の位置を直した。この眼鏡どうやって着けてるんだろう、と今更少しだけ気になったラヴィだが、今は関係ないので置いておく。

「まずはコンセプトを考えましょう。ゲームでやりたい事ってなんかありますか？」

「ラヴィが勝てるゲームがいいわね。そうだ、ラヴィなら常に勝利点百倍とかどうかしら？」

「却下で。というかラヴィ様、そんな自分だけに有利なルールは……リバーシで言うならラヴィ様には常にカドを渡すハンデをくれてやりましょうね、というカンジですよ？」

「ちょ、あー……言われてみれば」

眷属の言い方にトゲはあるが、それは「んもー、格下だから仕方ないでちゅねぇ」と上から目線で見下されているも同然なのだ。

ルールレベルでそんなハンデを貰《もら》うようにしてしまうのは、今後そのゲームを遊ぶ全員にラヴィが見下されるということに等しい。

「滅茶苦茶ムカツクわね！　うん、ルールは平等じゃなきゃダメよ！」

「ご理解いただけて幸いです」

ぺこり、と頭を下げる眷属。

「でもラヴィ様が勝つ、というコンセプトはそれはそれで採用しましょう」

「……ちょっと？　今それはやめるって話してたじゃないの？」

「いえいえ、ラヴィ様が勝つとは言いますが、ラヴィ様本人が勝つわけではなく……ラヴィ様が、プレイヤーの駒として活躍するゲーム！　ということです！」

「おお？　つまり、チェスでいう王《キング》や女王《クイーン》。これがラヴィになるってことね」

「その通りですラヴィ様！　さしずめ歩兵《ポーン》は我々眷属ですね。騎士《ルーク》あたりの役職持ちに四大精霊《エレメントフェアリー》の方々を採用するのも面白いかと」

「楽しそう！　あ、でもそのままだとただのチェスになっちゃうわね」

駒の移動に独自ルールはあっても、チェスのようなもの、である。それはそれで面白そうだがオリジナルのゲームというにはもっと工夫が欲しい。

「あ、そうだ眷属。ラヴィあれやりたいわ。『デュエル開始ィイ！』とか『俺のターン、ドロー!!』ってやつ」

「なんですかそれ？」

「トレーディングカードゲーム？　ってやつよ。微笑水晶《ニコニコクリスタル》で見たのよねー……って、そういえばこの手のゲームはまだ作ってなかったわね」

カードゲームは手作りするには技術的にちょっと面倒というのもあり敬遠していた。できてスタンプで作れるトランプが限度だ。何枚も同じ絵を描くと、絵担当の絵師眷属が過労死してしまう。

だがそれも昨日までの話であった!!

「ラヴィ様。話を聞くに、先日錬金術担当と魔術担当が共同開発した『複製魔法』が役立つかと！」

「複製魔法？　名前からして……複製、同じものを増やす魔法ってコト？」

「はい！　空《ブランク》のカードを最初に作り、複製。それに絵を描いたものを『原本《オリジナル》』としてさらに複製。これならばそれぞれ一回絵を描くだけで、カードを増やせます！」

材料さえ用意すれば、同じカードが増やし放題とのことだ。

「すっごいじゃないの！　やるわね眷属達、ラヴィが褒めてあげるわ。そいつらには褒賞として美《お》味《い》しい血をあげておきなさい」

「お褒め頂き恐悦至極。錬金術担当と魔術担当も喜ぶでしょう」

複製魔法によりルーナ・プレーナ城のゲーム製作技術は一段上等になった。今後はカードゲームも開発できるはずだ。

「それにしてもそんな高度な魔法を開発してたなんて知らなかったわ」

「あ、先日の転移魔法陣あったじゃないですか？　あれを書き写して色々弄《いじ》ってたら……なんか対象が二つに増えちゃったらしいんですよねぇ……そこから研究が進んだとか」

つまり転移魔法でうっかりしたらラヴィが二人に増えていた可能性もあった、のだろうか。……ラヴィは気付かなかったことにした。

さて、そんなこんなでゲームが完成した。

「って、一気に飛んだわね!?」

ラヴィがコンセプトを聞かれて、他の眷属からも意見を聞いておきますねーと解散になったのがつい昨日の話。

「いやぁ、なんか眷属のみんなで色々やってたら超盛り上がって、あっという間にできちゃいまして！」

しっかり熱量を舵取《かじと》りしゲームを完成させるあたり、この眷属は有能すぎる。普通であれば船頭多くして船山に上る——話がまとまらずにどうにもならないところだろう。

「あ、完成したといってもあくまでベースの話でして、テストプレイとか調整はこれからラヴィ様も交えてやっていく段階ですね！　色々残件がありますよ！」

「なるほど？　ラヴィだけ置いてけぼり、ってわけじゃないみたいで安心したわ」

「そしてルールは複雑そうに見えて実際複雑です!!」

そう言いながら、眷属はチェス盤と駒を二個、数枚のカードを置いた。カードは大まかに分けて赤青緑の三色で、そこに個別の絵やテキストがかかれている。

「チェス盤は専用のものをまだ用意してないので代用です。カードは鋭意製作中で、今はこれだけですね」

「あ、シルフのカードだ。サラマンダーもあるわね……あら？　ラヴィのカードがなくない？」

「ラヴィ様はカードではなく、それを使用する『ヒーロー』です！　そっちの駒の方ですね」

「本当だ！　この駒ってばよく見たらラヴィじゃないの。きゅはっ、可愛《かわい》らしいわね」

コロン、とデフォルメしたラヴィの駒二つ。眷属はこれをチェス盤の端っこのカドに対称に置く。そして中央に小さな鍵を置いた。蝙蝠サイズの鍵で、中央で四マスに跨《また》がるように納まっている。

「これは『ポータル』です。この『ポータル』を先に確保した方が勝ちです！」

「フラッグレースってことね。それでそれで？　まさかダイスを転がして先にポータルまでたどり着くかで勝敗が決まるの？」

「いえいえ、これはターン制バトルになります。制圧してから五ターンくらいしたら確保判定、勝利です」

くらい、というのはまだ調整中だからだ。


多数の眷属達が見守る中、ラヴィへの説明が始まった。

「まずはカード十枚でデッキを作ります。今回は構築済みのこちらのデッキを使いますが、いずれは自分だけのデッキを作れるようにしたいですね！」

「あなただけのデッキを作り上げましょう、ってことね」

強いレアなカードを使えば勝率が上がりそうな気がする。露骨すぎない贔屓《ひいき》で有利を得るのはラヴィとしても願ったり叶ったりである。

「では早速一回テストプレイしてみましょう！　私のターン、ドロー！」

「ああっ!?　ちょ、それラヴィがやりたいって言ったヤツ!!　なんで眷属が先にやっちゃうのよ!?」

「だって先にやらないとラヴィ様ルール分かんないでしょ？　ほら、ラヴィ様も四枚ドローしてください」

「むむむ……ッ、ラヴィのターン、ドロー！……それで、これをどうするの？」

四枚のカードを手に、というか眷属はよくまぁこれを器用に羽で持ってるなと思いつつ説明を促す。

「さらにもう一枚ドロー！　と、これは表表示で手前に置きます。これが現在の自分の属性になります！　テキストは無視してください、今のところ半分はフレーバーです！」

フレーバー。いわゆるゲーム的な効果はなく、カードを楽しむための味付けのことだ。

「属性。急に複雑になりそうな単語が出てきたわね……」

「大丈夫です。属性は火、水、木の三つで、火＜水＜木＜火、のジャンケン関係ってだけです。有利だと与ダメージが二倍、不利だと与ダメージが半分になる感じ」

現在、ラヴィの属性は火。眷属の属性は水だ。

「お、おう」

なんか一気に今までルーナ・プレーナ城でやってたゲームから時代が進歩しすぎてないかしら？と思いつつも説明を聞くラヴィ。

「あ、とりあえずライフは十なのでお互いにおはじきを十個置きますね」

「……おはじき！　ちょっと懐かしいもの出してきたわね」

「これ、カウンターとして使うのに便利なんですよねー」

とはいえ、そろそろ頭が理解に追いつかなくなってきた。

「そろそろ動きが欲しいわね……」

「ではいよいよバトル開始です！　私のターンなので、私はポータルに向かって二マス移動します。ターンエンド、ラヴィ様のターンです」

ポータルまでの距離は縦横で数えて最短六マス分、三ターンで届く。

「じゃあラヴィも二マス移動ね。これ、カードはどうするの？」

「あ、移動しながらでも一ターンに一度、属性を変える事が可能です。手札のカードを属性の場所に裏向きに置き、元の属性のカードは捨て札エリアに。属性変更したら手札を一枚補充してください」

「そう。じゃあ属性変更するわね。そしてラヴィはドローしてターンエンドよ！」

「……ただ、属性を変えたら次の自分ターンのエンドフェイズまでは属性変えられませんけど」

「ちょ！　そういうのは先に言いなさいよ!?」

「いやぁ、ラヴィ様天才だしこのくらい行けるかなって！　それにぶつかるまでまだターンに余裕がありますから……あ、これ攻撃が関わったら即座に開示してくださいね。そして二マス移動してターンエンド」

ラヴィのターンになると同時に、変更した属性を開示する。

「ほう。木属性。私の弱点属性に変えてきましたか。そうです、相手の弱点を突くのがこのゲームの基本ですよ！」

　そして眷属は属性を変更せずポータルへと進んだ。ポータルの制圧可能範囲に到達したので、次ターンに制圧開始ができる。

「ねぇ眷属。これって絶対に先攻がポータルに先に到着しない？　これだと後攻圧倒的に不利でしょ」

「まぁそこは要調整ですね！　とはいえ、ポータルにとびついても不利なところがあるんですよ。制圧に一ターンかかって無防備になっちゃうんです」

「へぇ。なら、その隙に攻撃を叩き込めばいいわけね！」

「まぁそうなりますね。さ、ラヴィ様のターンですよ？」

「ラヴィもポータル制圧可能な場所に移動してターンエンドよ！　さぁ、次ターンぶん殴ってやるわ！」

「では私のターン。制圧しないでラヴィ様の隣に一マス移動、属性変更して攻撃!!」

「ちょ!?　なんで制圧しないの!?」

「だって、このまま制圧したらラヴィ様に殴られちゃいますからねー。あ、勿論こちらは火属性です」

　ラヴィは木属性なので、通常二ポイントのところが倍の四ポイントダメージを受ける。

「うにゃあ!?　いきなり大ダメージ受けたんだけど!?　これやっぱ先攻超有利でしょ！」

「まぁそのうち手札カードの内容で逆転しまくれるようにしましょう！　今はラヴィ様を！　ボッコボコに！　してやりますよォ！」

「おのれ眷属!?　でもそうはいかないわよ、ラヴィのターン、属性変更水属性！　逆にぶん殴るわ！」

「む！　持ってましたか水属性カード！」

「当然よ。くらいなさい、四点攻撃！……これもう一回攻撃できるの？」

「あ、攻撃を一回したらエンドフェイズです」

「お互い残りライフは六……ターンエンド！」

「あ、ちなみにポータルを制圧するとライフは全回復します！　制圧してる方が制圧ゾーンに居る間は防衛状態となり、上書き制圧できませんのであしからず」

「だからそういうのは先に言っときなさいよ！……それで、眷属はなにするの？」

「ここはラヴィ様に攻撃ですね。こちらが不利なので一点ダメージどうぞ。……そしてエンドフェイズ、属性変更しておきます！」

「へぇ、さっき言ってたエンドフェイズまで変えられない、って言ってたのはこういうことね。逆に、エンドフェイズには変えられるのね」

眷属の伏せた属性カード。普通に考えれば今のラヴィの弱点、木属性だろうが――

「って、よく考えたらこのターンラヴィはまだ属性変えられないのよね。問答無用でアタックよ」

「ああ!?　そういえばそうだった！」

伏せていた眷属の属性は火――四点のダメージが入り、残りライフ二になった。

「ここは改善しないとダメですねぇ……よし、じゃあポータルを制圧します！……ポータル制圧のときは無防備なので属性変更できないいんですよねー。これはフルボッコかも」

「よーし、それならラヴィはこのまま攻撃よ。なにも無いなら二ターン分かしら？」

「むむむっ」

ポータルを制圧したが、十まで回復したライフが二になってしまった。

「ではここでカードの特殊技を発動します！」

「ちょ!?　テキストは今のとこフレーバーだから無視してって言ったじゃないの！」

「そして、このカードは二枚以上あればコンボができるんです。発動時間〈無〉のカードにコンボすれば一ターンに二枚使えます」

発動時間〈無〉〈短〉〈長〉とあり、それぞれマス移動一個分、二個分、四個分の時間消費らしい。

が、コンボをすれば踏み倒しが可能だとか。

「コンボは手札四枚全部まで使えますよ！　ただ、最初のターン中に宣言しないとダメですが」

発動が次ターンになるものは、伏せておけば見せる必要は無いらしい。

「だからそういうの先に言ってってって何度言わせせんのよ!?」

と、『連撃』『近距離』のカード二枚を出す眷属。うち『連撃』の方は〈無〉だった。

「こちらは使った後、既定のターンが経過するまで手札には戻せず、この分の補充もできません。しかしカードこそがこのゲームの一番の見せ場！　『連撃』【蝙蝠ラッシュ】！　相手に固定一ダメージを与える！　さらにコンボして『近距離』【ラヴィテール】！　相手に固定四ダメージ与え、二回復！」

ライフが五だったラヴィは、これで丁度ライフゼロになった。

「きゅあああ!?　ちょ、ラヴィのライフが無くなっちゃったんだけど!?」

「はい。固定値ってやっぱり正義ですよね！」

そして眷属はラヴィの駒をスタート地点に戻した。

「ライフが無くなったらスタートに戻ります。全回復しますが、一ターン待機が発生します。つまりあと三ターン防衛すれば私の勝ち……防御をしっかり固めてお待ちしておりますよッ!!」

「こんの、ルール説明を先にしなさいよね卑怯者《ひきようもの》！」

「はっはっは！　今回は同じカード構成のデッキを使っています、ラヴィ様もお好きにカード使っていただいて結構ですよ？」

「うぐぐ、よくもやったわね……！　ならラヴィはコレを使うわよっ！」

ラヴィは『移』と書かれたカード【どこだかに行けるドア】を見せる。

「おや、それはポータルへ一瞬で移動できる代わりに発動時間〈長〉のカードですねぇ」

「勿論、コンボして使うわよ！　先にこれを発動よ！　発動時間〈無〉、『近』カード、【フルーツ・クオーツ】！」

水晶の果物を作っているノームのイラストが描かれたカードを、バチィと場に叩きつけるラヴィ。

「なっ!? 〈無〉の空打ち！　そんなまだ教えてないテクニックを!?」

発動時間〈無〉の近距離攻撃カードを空打ち。対象がいないのでダメージこそ不発だが、そのコンボにより一ターンで前線に復帰するラヴィ。

「これだけじゃないわ。さらにこのカードのコンボを予約して、ターンエンド！」

「……！」

カード一枚の予約。次ターン二枚のカード効果を使うのではなく、一枚発動でカタを付けようというのか。

「……フッ、やりますねラヴィ様。そのカードの効果をよく読んだんですか？」

「当たり前よ。このカードで仕留めてあげるわ！」

ニヤリと笑うラヴィに、眷属もフフフと笑う。

「では防御を固めますかね。属性を木に変更して、一ドロー……おっと、いいカードを引きました。コンボ発動です！　発動時間〈無〉、『近』カード、【フルーツ・クオーツ】！　さらに、『防』カード、【至高系ハーフガード戦法】！」

先ほどラヴィが空打ちしたカード、デフォルトで三ダメージ入る近接攻撃。固定ではないので属性有利の分が乗って六ダメージ。さらに、二ターンの間自身へのダメージをマイナス二する防御カードを発動し、眷属はターンを終える。エンドフェイズに、クールタイムの終わった【眷属ラッシュ】を手札に回収。

これでラヴィはライフ四で眷属はライフ六。しかも属性は眷属有利。折角《せっかく》近づいたのに、既に追いつめられていると言っても良い。

「安心してくださいラヴィ様。こちらが勝っても駒がラヴィ様な以上、『ラヴィ様』が勝つのは変わりませんから！」

だが、ラヴィは不敵に笑った。

「ラヴィのターンね。それじゃあさっき発動したカードを発動――する前に、属性変更よ。火属性！　きゅふ、丁度サラマンダーのカードね」

「ええっ⁉」

「できるわよね？　コンボ中に属性変更しちゃダメなんて、聞いてないもの！」

「た、確かに言ってませんでしたがっ！　ああっ⁉　ま、まさかそのカードは！」

自分の用意したデッキのカードを思い返し、眷属はハッとする。

「眷属が、防御を固めるって言ってたからね。手札にあると思ったわ、防御するタイプのカードが。【無反動魔法カノーネ・クリティカル】。ダメージ二……ただし、相手がガード中の時、ダメージ二倍、防御貫通！」

二×二×二、合計の防御無視八ダメージ。ガードを突き抜け、眷属のライフはゼロになった。

「きゅははは！　このあたりのカードはURにするべきね！　ラヴィが使うにふさわしいカードよ！」

「むむう、復帰待ちで一ターン待機です」

「じゃあその間にラヴィは拠点を制圧。さぁ、あと四ターンね」

その後、三ターンかけて眷属は拠点に移動するも、ラヴィは十分なライフと防御カードを駆使して防衛に成功。無事勝利した。


「くぅっ……ま、負けました、ラヴィ様！」

「ま、ラヴィにかかればこんなもんよ。なかなか楽しめたじゃない？　きゅふふっ」

「ええ、ですが、まだまだ完成度が低いことが分かりました……！　ポータルが一ヶ所《かしょ》だけだと戦略性が薄く、カードによる運ゲーな要素が強くなってしまいます。いっそ三対三にしちゃいますか」

と、テストプレイを見学していた眷属達が羽を上げる。

「はいはい！　横から見てたんですが、三対三ならフィールドもっと大きくてもいいかも！　ポータルも五個で！」

それを皮切りに、自分も自分もと眷属達が寄ってくる。

「全部制圧だと時間かかるので、制限時間設けたらいいんじゃないかなって」

「カード一デッキ十枚も多いかも。属性と手札四枚の五枚だけでいいかも」

「ヒーローもラヴィ様だけじゃなくステリア様もいれましょう！」

「あ、そうなるとヒーロー毎《ごと》に特徴があってもいいかも！」

「ヒーロー特有の必殺技も欲しいです!!」

「移動系はもっとクールタイム必要かも……」

ゲームバランスを含めてどんどんと改善案が出てくる。メモを取る眷属がとても忙しそうだ。


「しばらくはこのゲームの開発で楽しめそうね」

「いっそ世界中に広めちゃいます？」

「その場合、生産を外部委託するならやっぱりノームねぇ」

なんやかんや、モノ作りはノームなので。

「……ところで、四大精霊のカードって三属性に当てはめるとちょっと悩ましいわよね」

「あー。それは開発陣も同意見でしたが、プレイヤーへの分かりやすさを優先した結果そうなりました」

サラマンダーとウンディーネは当然火と水で、シルフは木。ノームはそれぞれ何か作るイメージで各属性にばらけたそうな。

なんやかんや、割を食うのはノームらしい……いや、全属性に出番があると考えれば逆に優遇なのだろうか？

＊＊＊

そんなテストプレイをしてから数ヶ月後。ラヴィがすっかり忘れていてステリアとのんびりぶどうジュースでお茶会している頃合いに眷属がルンルンと上機嫌でやってきた。

「ついにできましたよラヴィ様！　四大精霊《エレメントフェアリー》の皆様の協力もあり、とてつもないゲームが完成しました！」

「え？　何の話？」

思わず聞き返してしまったラヴィ。

「ゲームですよゲーム！　我々で新作作るって言ったじゃないですか」

「あー、アレ。結局もっとスゴイの作るって言って持ち帰った挙句ラヴィには何の音沙汰もナシだったアレ」

テストプレイで逆転されたから、今度こそ一回目に勝って差し上げるんですからね！　とラヴィに秘匿されて開発が進んでいたのだ。

「何何、何の話ラヴィちゃん？」

「ええ、今、ラヴィ達で新しいゲームを作ってたのよ。折角だしステリアもやってみる？　眷属、持ってきなさいよ」

「あ。それは無理です。ちょっと大きくなりすぎちゃったので、ラヴィ様達が来てください」

大きくなりすぎた？　と首をかしげつつも、眷属が飛んでいくのについていくラヴィとステリア。

そして、眷属と二人はルーナ・プレーナ城の裏にやってきた。

「というわけで出来上がったのがこちら、羅針盤《コンパス》・戦闘道理解析ゲームになります！」

ばばーん！　と、巨大なフィールドをお披露目された。

サッカーコート何個分か分からないが、贅沢《ぜいたく》な使い方の巨大なフィールドには高低差もありながら、なぜか鍵がやや離れた場所で五ヶ所、計五本浮いていた。赤と青のお立ち台があり、そこがお互いのスタート地点のようだ。

「ゲームの目的はテストプレイの時同様、ポータルキーの制圧！　ポータルキーを全部制圧したらその時点で試合終了ですが、制限時間までに多く制圧してた方が勝ちです！」

ポータルについては最初に鍵を使っていた名残で、そのまま巨大な鍵のモニュメントにしたらしい。

「……って、ちょっとまって？　何で？　ラヴィ達ボードゲーム作ってなかった？」

「なんかこうなりました！」

こうなりました、で許容できる変化を明らかに超えたもののように思えるのはラヴィの気のせいだろうか？　いやそうではないだろう。

「ではこちらの腕輪とカードホルダーをどうぞ。カードは好きなものを四つセットしてください、属性変更はセットしたとこを手前に引っ張ってください。あ、一度使うとクールタイムが終わるまで自動ロックされますんで」

山札とかは無くなったらしい。そして無駄にハイテクな魔道具だ。ライフ表示も腕輪についている。これはノームが相当に協力したと思われる。

「え、ターンとかそういうのはどうなったの？　駒は？」

「自分たち自身が駒になるんですよ！　つまり身体を動かすので、面倒なことは取っ払いました！山札も手札入れ替えも走りながらだとできませんからねー」

「身体動かすタイプ!?……ハッ!?　だから『今』なのね!?」

今、まさに日が出ていてラヴィは万全ではない。眷属め、ハメたな!?　とラヴィは上目遣いに睨《にら》む。

「いーえー？　丁度完成したのが今だっただけで他意はありませんよ？」

「くっ……ま、まぁ最強のラヴィには丁度いいハンデよ。ん？　というか、そもそも蝙蝠相手じゃ試合にならないわね。だからステリアを巻き込んだのね？」

「まぁステリア様は青陣営《ブルーチーム》、ラヴィ様は赤陣営《レッドチーム》で戦ってもらうつもりですが、今回私は審判に徹しますので本当に他意はないです。ああ、今は三対三なので、蝙蝠が二匹ずつサポートメンバーにつきます」

「あら？　三対三なら四大精霊《エレメントフェアリー》がそれぞれつくんじゃなくて？」

ステリアにシルフとウンディーネ、ラヴィにノームとサラマンダーというように分ければ丁度三対三になっただろうに。とラヴィは考えた。が。

「四大精霊《エレメントフェアリー》の皆様はフィールドやギミックの維持に忙しくて手が離せないんです」

一体どれだけ酷使してるんだ、と無駄に浮遊している巨大な鍵を見て思うラヴィ。

「ちょっとカードを発動してみていいかしら？」

「はいどうぞ」

言われて、適当に『連撃』【蝙蝠ラッシュ】カードをセットして発動してみる。すると、赤いバチバチがダダダダッ！　と正面に展開された。

「おぉー。凄《すご》いわね！　蝙蝠関係ないけど」

「サラマンダーさんの魔法だね、当たると結構いたいかも？」

「あ、大丈夫ですステリア様。ウンディーネ様が防ぐので衝撃が来るくらいですよ」

ライフはウンディーネが防御した内容から自動で差し引かれていくらしい。……エフェクトが蝙蝠と関係ないのは、そこまでやっちゃうとサラマンダーが大変だからだ。

「カードの種類も増えたので、いくつか試してみて気に入ったカードを装備するといいですよ」

「分かったわ。相性のいいカードを探してみるとしましょうか、ステリア」

「そうだね！　それじゃあカードを借りるね？」

「はいどうぞ。探し物が見つかるといいですね」

結構な量のカードが置かれる。『周』とか『罠《わな》』とかの知らない記号のカードもあり、これは実際に使って確かめないと使い勝手も分からないな、とラヴィは思う。

「あ、では一時間の準備時間を置きますので！　存分にご準備ください」

そういってぺこりと頭を下げる眷属。

「ちょっとまって？　そういえばライフが尽きたらどうするの？　スタート地点まで歩いていけばいいの？」

「いえ。転移魔法陣をいい具合に活用してるので、やられるたびに自動でスタートに飛びますよ。ご安心を！」

「どうりで最近ストック用魔石に貯《た》めてるマナの減りが早いと思ったら!!　この機能のテストとかで使ってたのね!?」

眷属は質問に答えず飛び去った。

「ぐぬぬ、まぁいいわ。この中から最強に強いカードを選んで使ってあげるんだから！」

「ラヴィちゃん、どういうカードを選べばいいのかな？」

「む。一応敵だけれどステリアはあのテストゲームもしてない完全初心者だものね、いいわ、ラヴィが教えてあげる」

と、ラヴィは属性相性やコンボについて説明する。属性自体は、最初は一番左にセットしたカードの属性でスタートして、属性変更すれば変わるらしい。

「じゃあ三属性全部を持ってた方が良いってことだね」

「基本はそうだけど、カードの性能次第では全部火とかいう組み合わせもアリかもしれないわね」

と言いながらラヴィは『移』〈長〉【どこだかに行けるドア】のカードを装備スロットの一番右に入れた。おそらくこれは必須カードだとテストプレイでの記憶が告げている。

「おっと。自分の選んだカードを相手に見られると対策をとられそうね……あとはそっちのチームの眷属から聞いた方が良いかもしれないわ」

「あ！　そうだね。それじゃ、勝負だよラヴィちゃん！　楽しみー！」

なんやかんや身体を動かしたり戦うのが大好きなステリアは、スキップで青陣営《ブルーチーム》へと向かっていった。

「……さて。ラヴィ達も作戦を練るわよ眷属！」

「はーい」

「よろしくおねがいしまーす」

と、赤陣営《レッドチーム》で参加する二匹の眷属がラヴィの隣にばさっと現れ――ラヴィは思いっきり目を見開いて驚いた。

「……あ、あんたら誰、いや、何よ!?」

そこには筋肉ムキムキ八頭身の、頭だけ眷属の全身黒タイツマッチョ。しかも二匹。いや、よく見たらタイツじゃなくて普通に眷属の身体がマッチョになってる感じの毛皮だった。

「どうも、マッシブ眷属です」

「いっぱい鍛えたらこうなりました!!」

なんだこれ、なんだこれ!? とラヴィは心拍数を高くして一歩後ずさり――怯《おび》えたというの? ラヴィが? 眷属相手に!? と、ラヴィは矜持《きょうじ》でそれ以上を踏みとどまる。そして、平静を装った。

「えぇぇ……眷属の生態って、謎が多いわね。ラヴィの眷属なのに……」

しかし、ラヴィが驚いたので満足そうにハイタッチするマッシブ眷属。普段はいつもの可愛い眷属なのだが、むんっと力を入れたらこの姿になれるらしい。本当に謎の生物……いや、そもそも眷属な時点で生物ではないのかもしれないけど。

(尚《なお》、ステリアは「へぇー! 眷属君たちってこういう形態にもなるんだねぇ! 腹筋触っていい? わ、モフモフしてる可愛いー!」と普通に受け入れたらしい。とてつもない包容力だ、逆に驚きである)

マッシブ眷属から一通りのカード説明を聞いた。いよいよデッキ構築だ、というところで眷属が追加の情報を出してくる。

「あと。ヒーロー性能っていうのもあるんですよラヴィ様。我々眷属はサポートなので弱めで、ラヴィ様の劣化版みたいになってます」

「ああ。実装したのねヒーロー毎の性能。……ラヴィにはどんな特性があるの？」

「はい！　ダメージの半分を吸収する吸血鬼的な能力になってます。眷属である我々も同じくダメージ吸収ですが、四分の一になってます。ただし元々の体力が我々の方が高いです」

それは本当に劣化なのだろうか？　と首をかしげつつ、必要な質問を優先する。

「……ステリアの能力は？」

「槍《やり》の攻撃が命中すると相手のカード使用が一定時間封印されます。属性変更もです」

「なるほど静寂の宝槍を持つステリアらしい特性ね……上手《うま》く組み合わせられると厄介ね、先手取られたら一方的にハメ殺しを食らうわよそれ」

「大丈夫です！　シルフ様の協力で、ステリア様の走る速度は遅くなるように調整されているので！」

さすが四大精霊《しだいせいれい》、そんな調整もできるのかと地味に関心しておく。元々ステリアは槍を使う攻撃でなければ足は遅い方ではあるが、それを更にということだろう。

そして、ステリアに縛りがついてるということは、だ。

「ラヴィにもそういう制限が付くというワケね？　体力は腕輪の設定通りとして」

「御明察ですラヴィ様。本来の攻撃力は制限されますし、あとは眷属変身などの本来できる行動にも縛りが付きますね」

「なるほど面白い。呪いのようなものね、腕輪が触媒かしら」

まぁラヴィが本気で戦ったらたとえ日中でも一瞬で勝負が付いてしまうから仕方ないわね。と納得する。これにあくまでも、ゲームなのだから。

「……にしてもアンタ達、その見た目……もっとこう、ラヴィの眷属らしくなんとかならなかったの？」

「カッコいいですよねっ！」

「これ指もあるので、地味に細かい作業もできて便利なんです！」

ムキ、ムキッ！　とポーズをとるマッシブ眷属達。……まぁ本人達がいいならいいか、とラヴィは何か言いかけたが止《や》めておいた。

準備時間が終わり、いよいよ試合が始まる。

「青陣営《ブルーチーム》、赤陣営《レッドチーム》、共に準備は良いですかー!?」

いつもラヴィの傍《そば》にいる大きな眷属だが、今回は本当に審判に徹するらしく、全体が見渡せる高台で大きな声を出していた。

「準備万端だよー」

「いつでも良いわよ！」

ステリアとラヴィ、それと二匹ずつのマッシブ眷属がサポートとして付いている。全員四枚ずつのカードをデッキとして装備済みだ。内容も各自で打ち合わせ済み。


「それでは——バトル開始です！」

その言葉を切っ掛けに、ラヴィと眷属は走り出す。ラヴィが向かうは中央高台のポータルキーC。眷属達には赤陣営《レッドチーム》のスタート地点に近いAとBへと向かわせた。一方でステリアは——

「いっくよー……んん…………オスマンティウス!!」

「は？」

——華槍術《かそう》オスマンティウス。直線を突き抜ける槍技で、一気にCへと距離を詰めてきた。そのままラヴィがまだたどり着いていないところでポータルキーを制圧する。ばしゅん！　と鍵のオブジェクトが青に染まった。

「ちょ!?　ステリアは足が遅いんじゃなかったの!?」

「あー……これは移動じゃなくて溜《た》め攻撃なので！」

「なにそれずっこい!!」

ともあれ、ラヴィがＣにたどり着く頃にはステリアは制圧を終えてしっかりとラヴィを正面に迎えていた。……青い制圧フィールドが少し広がっている。これが広がると、制圧し返すのに時間がかかるらしい。

ＡＢは赤陣営《レッドチーム》が、ＣＤＥを青陣営《ブルーチーム》が制圧しており、緒戦はステリア率いる青陣営《ブルーチーム》の方が有利。だが勝負はまだ分からない。ここの一騎打ちでラヴィがステリアを打ち取れば逆転できるだろう。で、現在の属性は――ラヴィが木、ステリアが水。属性は有利。ラヴィは鞭《むち》を構え、走っている勢いのままステリアに攻撃を仕掛ける。

「くっ、ら、えぇぇぇ!!」

「たぁあぁー！」

ステリアは静寂の宝槍《ルーン》で迎撃。これを食らいラヴィはカード行動が禁止になる。属性の効果もありダメージはこちらの方が上回っているが――

「属性変更、火！」

一発攻撃が命中した時点でステリアは属性を変えてきた。当然、ラヴィの弱点に。

「ぬぁ!?　ちょ、ラヴィ今属性変えられないんだけど！」

「ごめんねラヴィちゃん……えいえいえいっ！」

「うぐ!?……ちょ、あ、足が思うように動かないッ!?」

一方的に弱点属性で殴られるラヴィ。回避しながら鞭を当てれば、と思っていたのだが足が動かずダメージが積み重なっていく。

「あ、言ってませんでしたっけ？　腕輪の効果で回避もほぼ不可です！　ラヴィ様の足の速さも制限されてるので、いつものように動けるとは思わない事ですね！」

審判があからさまにラヴィに厳しい。

「眷属ぅ！　あんたどっちの味方なのよ!?」

「審判なので中立です。しかし敢《あ》えて言いましょう。――ご存じですかラヴィ様。『可哀そうは可愛い』という言葉を！　やっぱりラヴィ様には一段上の可愛さを目指していただきたくッ！」

「知らないわ」

パァーン！　と発言途中でラヴィが弾《はじ》けた。ライフがゼロになったのだ。

「ひゃ!?　ラヴィちゃん大丈夫!?」

「あ、大丈夫ですよステリア様。ラヴィ様が弾けたのはウンディーネさんの演出なので。ご本人は数秒後にスタート地点にて復帰します」

「そ、それならよかったけど。……みんな、集合！　作戦通り、Cを守るよ！」

青陣営《ブルーチーム》のマッシブ眷属が中央、Cに集まる。制圧フィールドを広げるも、Cは戦局の要ということもあり最大面積は狭い。そのうちにラヴィが復活していた。

「ラヴィ、ふっか――つ！　よくもやったわねステリア！　眷属達、目にモノ見せてやりなさい！」

「了解ですラヴィ様！」

と、陣地を取っていた眷属がラヴィを待たずしてCに向かう。だがそこに居るのは三人。人数的にラヴィ達赤陣営《レッドチーム》は引き続き不利な状況である。

「きゅは、油断したわね！『妨害』カード、【シルフのイタズラ】！」

と、ここでようやくラヴィが初めてのカードを切る。その効果は、対象ポータル付近の敵のスタン！　電撃のエフェクトが走る！

「ビリビリきちゃった……!?」

「「あばばばばっ」」

集まっていた事が災いし、青陣営《ブルーチーム》は全員一時的に行動不能となる。そしてその隙に——

「「『近距離』【フルーツ・クオーツ】!!」」

弱点属性に切り替えた上で、近距離大ダメージの攻撃スキルカード。青陣営《ブルーチーム》眷属の二体がパチュンと弾け飛び、スタート地点に送り返された。残されたのはステリア。数で言えば二対一。

「今よ、ステリアに一撃叩き込んでやりなさい!!」

「はいラヴィ様！『近距離』〈無〉【血まみれ銅の剣】！」

「覚悟してくださいね、『近距離』〈短〉【ラヴィテール】！」

時間差の近距離攻撃スキルがステリアを襲う。逆転、勝ったわね。と、ラヴィがほくそ笑んだその時、ステリアはスタンが解け、【血まみれ銅の剣】を食らいながら瞬《まばた》きの間に二枚のカードを切った。

「きゅぴぴーんっと！　『強化』〈無〉【サラマンダーの加護】、コンボ、『反射』【ウンディーネの鏡】」

数秒間の攻撃力強化。同時に、わずかな間だけ攻撃を無効にし反撃するカウンターカード。どちらも使いどころの難しい初心者向けではないカードだが、ステリアは槍使いとして鍛え上げた反射神経でこれを使いこなす。

「な、しまっ……あ――――れ――――!!」

「け、眷属ぅー!?」

【ラヴィテール】を打ち返され、眷属は弾けて消えた。強化された反撃にライフを一発でゼロにされたのだ。

「むむっ、なら攻撃を食らう前に『防御』〈無〉【至高系ハーフガード戦法】……！」

「ふっふっふ～ん！　そう来ると思ってたよ。『近距離』〈無〉【無反動魔法カノーネ・クリティカル】！」

「なっ、あ――――ッ！」

ステリアの三枚目のカード。それは防御無視の貫通攻撃。どころか、ガードブレイクに成功したら大ダメージのカードだった。ぱちゅーん。眷属は死んだ。スタートに戻る。

「け、眷属ぅー!!」

そしてステリアは四枚目のカードを発動する。『回復』〈短〉【おねえさん特製ポーション】で、眷属が削った分のライフも元通りにされてしまった。

「さぁ、守り切ったよ！　次はどうするのラヴィちゃん!?」

「ぐぬぬ……ッ」

ポータルBで制圧領域を拡《ひろ》げながら睨むだけのラヴィ。青陣営《ブルーチーム》の眷属も再びBに集結しつつある。

制限時間はあと半分

「ねぇ、このヒーローゲージ？　ってなぁに？」

ステリアが腕輪についていたゲージが溜まっているのをみて審判の眷属に尋ねる。

「あ、それは溜まると必殺技使える奴《やつ》です！　ステリア様の場合は華槍術イーリスですね。フィールドのどこにいても一番近くの敵のところまでひとっ跳びです！」

「あ、ホントにイーリスなんだね。再現すごいなぁ」

感心していると、ラヴィも声を上げる。

「ちょ、ラヴィはどうなのよ!?　ラヴィも溜まってるんだけど！」

「ラヴィ様の方は特に名前考えてなかったんで自分で考えてください！　効果は周囲の敵を超引き寄せつつライフ吸収割合ダメージです！」

「むむむ、ならもう今使うしかないじゃない！　待ってなさいステリア、ラヴィが根こそぎ絞り取ってあげるわ！」

と、ヒーロースキルを発動するラヴィ。すると蝙蝠達が集まって、ラヴィの座る玉座となった。

……なんとなしに、ラヴィはいつものように足を組んで偉そうに座る。

「……ラヴィがつよつよだってわからせてあげる！」

と、ステリアのいるポータルCへと向かう。ゲージがみるみる減っていく。これは時間切れはすぐだろう。

「えーっと、スキル名は『ラヴィが根こそぎ絞り取ってあげる』っと……」

「え!? そこ切り取って決定なの!? ってかそれよりもう効果切れそうなんだけど短すぎない!?」

「移動力も上がってますから、一発ずつくらいは当たりますよ。あっ」

そっとポータルCから離れるステリア達青陣営《ブルーチーム》。ラヴィがポータルに到達すると同時に、スキルは切れた。

「全然吸えなかったんだけどー!?」

「スキルの使いどころはしっかり考えるべきでしたね！」

「そういうのはもっと先に言いなさいってぇのよ！　こちとら初見プレイなのよ!?　って、あ、あれ？　身体が勝手に制圧の方に」

ラヴィがポータルCの制圧に取り掛かりはじめたところで、ステリアは青陣営《ブルーチーム》のマッシブ蝙蝠にこっちこっちと導かれ、そーっと無防備なラヴィの後ろに回り込む。なのに制圧動作が止められないラヴィ。

「え、や、これどうやってキャンセルするの!?」

「えーっと、後ろに離れるか、敵が陣地に入ったらキャンセルですね」

「後ろにっ……ぷきゅ!?」

「よっ、はっ、えいっ、貫け！　ずばばばっと！」

「痛い痛い痛い!?　ルー君で叩くのやめなさいステリア!?」

「そんなこと言われてもこれ戦いだから……ね？」

言いながら、ラヴィの目の前でステリアは【無反動魔法カノーネ・クリティカル】を発動。ガードブレイクはなかったのだが、十分にライフを削られていたラヴィは無事死亡した。スタートに戻り、残り試合時間はあと一分。


「あんたたち！　全力でCを狙いなさい！　逆転するにはもうそれしかないわ！」

復活するやいなや、ラヴィは眷属達に指示を飛ばす。

「受けて立つよ！　眷属くんたち、こっちも全力で守るからねっ！」

ステリアもそれを受けて指示。こうして、勝敗を分ける決戦はポータルCで行われることになる。

「『妨害』カード、【シルフのイタズラ】！」

「それはさっき見たよ……効果発生前にスキル発動！　さぁ、ルー君！　本気でいくよ！」

ヒーロースキル発動時、一定時間無敵になる。そして一番近くの敵——今はCに向かってきている赤陣営《レッドチーム》の眷属達だ。そこに向かって跳ぶ！

「華槍！　イーリス！」

ずどど——ん！　と着地。が、眷属達がポータルCに移動していたこともあり必殺技自体はミスとなった。ただし、今のカードによる妨害からは脱したし、先ほどと違って青陣営《ブルーチーム》の眷属達も防御カードを展開したため被害は最小限だ。

「チィ！　ちゃんと倒れなさいよ青眷属達！　学習したわね、敵に回ったとはいえさすがラヴィの眷属！」

「敵を褒めないでくださいラヴィ様！　こちらも『防御』を……」

「そしたら私の【無反動魔法カノーネ・クリティカル】が炸裂《さくれつ》するよ！」

「ですよね！　どうしたらいいですかラヴィ様!?」

「自己回復カードで持ちこたえて！」

「はーい！　あ、ミスった。『罠』〈短〉【スネアトラップ】発動！　コンボで回復いれまーす！」

「ちょおおお！　眷属ぅ!?」

と、赤陣営《レッドチーム》眷属のミスを見つつ、ステリアはCに戻る。ラヴィはまだCにたどり着きそうにない、残り時間三十秒。三対二で守りきれば青陣営《ブルーチーム》の勝利！　と意気込む。

「はい【至高系ハーフガード戦法】にコンボして『転移』【どこだかにいけるドア】発動。――転移先はポータルDよ！」

と、そこでラヴィが青陣営《ブルーチーム》のポータルへと飛ぶ。飛んだのは無防備なD。そして制圧を開始。しばらく時間がかかりそうではあるが――制限時間には間に合いそうだ。

「裏取り！　だからどうして教えてない戦略をしっかりやってきちゃうんですかラヴィ様!?　戦いの天才ですか!!」

「そうよ、ラヴィが天才だからに決まってるじゃないの！」

伊達《だて》に王ではない。ラヴィは確かに天才だった。人の弱いところを的確に見極める眼を持っていた！

「どうしてラヴィちゃん、Cで戦うんじゃなかったの!?」

「きゅははは♪　ブラフよブ・ラ・フ！　眷属達、しっかり足止めしなさい！」

「了解ですラヴィ様！」

「さ、させませ――しびびっ!?」

バチィ！　とラヴィの妨害に行こうとした眷属が、罠を踏んだ。先ほどミス――ミスを装って設置された、【スネアトラップ】。その効果はたった三秒のスタン。たかが三秒、しかしこの場面ではもはや致命的な隙となる。

「『近距離』〈無〉【血まみれ銅の剣】！　コンボ　【ラヴィテール】！」

「「あばーッ！」」

二発の近距離スキルを叩き込まれはじけ飛ぶ青眷属二匹。復帰までの時間は十秒以上。残り時間を考えれば事実上のリタイアである。


「勝ったッ！　ラヴィ勝利、これで大団円よッ!!」

ギュウウ――――ン、と支配領域を奪い狭めるラヴィ。ステリアの足止めをする眷属。仮にここでステリアがCを離れたら、今からでも眷属二人でCを制圧できる。詰みだ。

そう、詰み、のはずだった。

「ぐぐっと集中！……飛んでいけぇ――――っ!!」

「ふぇ？　うぎゃ――――!?」

制圧まであとコンマ一秒、残り一ｃｍのところで、ラヴィはステリアの華槍術オスマンティウスに吹き飛ばされた。


タイムアップ、試合終了。三－二……青陣営《ブルーチーム》の勝利です。

「ベストプレイヤーはステリア選手です！　何か一言どうぞ！」

「え？　えっと……みんな無事だよね？　ルー君もお疲れ！　ちゅっ♪」

ステリアはいつものように静寂の宝槍《ルー君》にキスをした。

＊＊＊

「というわけで青陣営《ブルーチーム》の勝利です。……負けちゃいましたね、ラヴィ様！」

「なんでよ完璧に作戦勝ちだったじゃないの―――――ッ！！！」

ラヴィは床に両膝をつき、拳をダンダンと叩きつけた。oとrとzを横に並べたような体勢になっている。

「いやぁ、ギリギリだったよ！　最後まで熱い戦いだったね！」

ラヴィは天才だった。しかし、ステリアも天才だった。こちらは戦闘の。

コンマ一秒の見極めと狙い付け《エイム》もパーフェクトの完璧戦士だった。

「いやー、いい試合だった！　オレ達も手伝った甲斐《かい》があるってなもんよな、ノーム！」

「そ、そうだねサラマンダー。……まぁ、ボクはフィールド作ったくらいだけど……」

「ステリア様の攻撃が激しくて、結構中和するの大変でしたわー」

「あははっ、最後までどっちが勝つか分からなくて楽しかったねぇー！」

舞台裏から四大精霊《エレメントフェアリー》が現れる。

「ちょっとアンタ達、ステリアが強すぎてバランス崩壊してるわよ！　というかラヴィが弱体化しすぎてない!?」

「ん？　実際最後まで勝負が分からなかったから五分五分じゃないか？」

「うーん、でも確かにステリア様は撃破率も高くて移動もオスマンティウスがあるから……バランスとるならもうちょっとラヴィ様の強化は必要かも？」

「むしろステリア様の弱体化でお願いしますわ」

「もうしばらく様子見でよくなーい？　それより眷属くん達の方を強化しようよー」

四大精霊《エレメントフェアリー》はわいわいと楽し気だ。もっとも、前提として楽しくないのなら協力してくれなかっただろうけど。


ギリギリで負けて落ち込んでいたラヴィに、サラマンダーがぽんと肩に手を置いて励ます。

「なーにラヴィ様！　まだ一回負けただけだ、大会優勝を目指してもう五戦くらいやろうぜッ！なッ！」

「いや大会とかないからね!?　こんな大掛かりなゲーム、ここ以外にないし！　ここ以外で出来る場所とかないでしょ!?」

しかもライフゼロになった時の転移にルーナ・プレーナ城の地下にある転移魔法陣を使ったりしているため、この世界でルーナ・プレーナ城以外にこの競技ができる場所は現状ない。というか、普通であれば四大精霊《エレメントフェアリー》全員の協力を得られるかどうかが最初のハードルだろう。

「まぁまぁ。そんな事言うなよ。まだお披露目してねぇ『周囲』カードの攻撃エフェクトとかもあるんだぜ？　多分ラヴィ様とめっちゃ相性良いと思うんだよなぁ。ラヴィ様なんやかんや視野広いしさ！」

「ノーム！　アンタんとこの精霊でしょ、何とか言ってやって!?」

「あ、はい。……もっと試合ごとで高低差作ったり、障害物を増やしても面白いかもしれません……」

「あ、こっちはこっちでゲームの改良しか考えてない……」

ちらり、とステリアからもなんか言ってやって、と目配せをすると、ステリアはこくりと頷《うなず》いた。

「シルフちゃん。イーリスのジャンプはもっと高いんだよ。お手本を見せるから次試合ではその高さまで調整してね？」

「あっ、こだわりなんだね。わかったよ！」

「あと水で形作ってラヴィちゃんも私になれたりとかしないかな、ウンディーネさん？」

「水で！　なるほど、データが同じなら別人でも同じヒーローとして遊べるというわけですわね！　ステリア様ＶＳステリア様……そういうのもアリだとは……！」

違うそうじゃない。なんで建設的な意見を出してるんだ。と、ラヴィは目を細めた。

「さ、ラヴィ様！　もう一回やりましょう！　世界中のプレイヤーがラヴィ様の活躍を待ってますよ！」

「……世界中ってどこの世界よ！　ああもう、せめて少し休ませなさいっ！」

かくして、バトルとバトルの間には最低休憩時間がルールとして制定された。……後に別の世界においてはこれがマッチング時間と併せて適用されて、マッチングがやけに長いんじゃないかと陰で言われることになる要因になる、かもしれないのはここだけの話である。

あとがき

当然#コンパスではラヴィ使ってます。嘘《うそ》です。ステリアの方が使ってます。はい。初めましての方は初めまして、知ってる人はこんにちは。鬼影《おにかげ》スパナです。普段はファンタジー書いてますのでそちらも宜《よろ》しくおねがいします。

しっかし可愛《かわい》いですよねラヴィ様。尚《なお》、今回お借りした設定を用いて忠実に書きあげてるので、ちゃんと女の子になれる設定とかもガチです。ちゃんと公式でいただいた設定に書いてました。私はゲームもやってましたがまさかこんな設定があったとはと嬉々《きき》として書きました。書くなって方が無理でしょこんなん。他にも色々と裏設定を聞けたし……フフ、今世界で一番ラヴィ様に詳しい作家は私ですね。というか、公式から直に回答貰《もら》いながら好きに書けるの楽しかったですわ。逆にお金払わなくて大丈夫？　代わりと言ってはなんですが取材で#コンパスカフェにも行きました。大勢並んでいて普通に全席埋まってましたね……行くなら予約必須ですよ。特典衣装ももらえますわ。Voidoll のカフェ衣装、ゲットして見せびらかそうぜ！

たのしくお仕事させてもらいましたが、実はゲームの方は中々苦手だったりします。対人戦自体がだいぶ苦手でして、ランクはS1～S2、たまにS3です。というかそもそもカードが集まらないし使うURが1凸までしかなかったりメダルが永遠に揃《そろ》わなかったり……敵に鬼しかいねぇ時はうぐっとなりますね。そっと「ごめん死んだわ」投げて後方支援してます。まぁ元々最初から支援デッキ組んでるんですけどね。てかコラボＵＲカードが必須級なのがキツいんですけど？　そいつまず持ってすらいねぇんですけど？　あ、自分ちょっと応援コード貼っても？　だめ？　じゃあ復刻は毎月やって欲しいです。応援コードは大人しくＸとかに貼っときます。

　別に勝てなくても、と言うにはデイリーこなすのに三勝必須なので勝たねばならなくて。そうすると○○でベストプレイヤーがまた壁になって。あと地味キツイのが二十キル……！　もうデイリースルーしても良いんじゃないかって思えてきました。実際、クリアしきれず逃すこともあったりするので。あとコラボの５連勝ミッションは３連勝くらいになりませんかね……？（切実）

……まぁ愚痴はこのくらいにしておきますかね！　勝てれば楽しいですよ、勝てれば。ええ。仲間のラヴィ様がＨＳで集めて削った所に、ステリアＨＳで飛び込んで３タテした時は最高でしたね!!

　あと執筆する傍らにはラヴィのアクリルスタンドフィギュアを飾っていましたわ。

　ちなみに初めてガチャで出たのがステリアで、ラヴィ様はプレイ初日の交換枠でした。ガチで。そんな縁のあるラヴィ様達《たち》を書かせていただきありがとうございました！　また機会がありましたらよろしくお願いしますね。それでは、３、２、１、#コンパスー！

鬼影スパナ

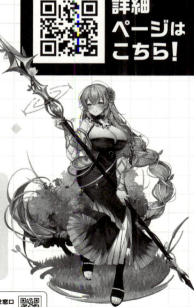

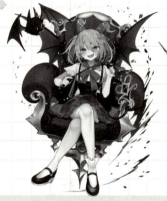

ラヴィ 吸血鬼王の華麗なる伝説集
#コンパス 戦闘摂理解析システム

2025年1月25日 初版発行

著者 鬼影スパナ

イラスト 徳之ゆいか

原案・監修 #コンパス 戦闘摂理解析システム

発行者 山下直久

発行 株式会社 KADOKAWA
〒102-8177 東京都千代田区富士見2-13-3
0570-002-301(ナビダイヤル)

印刷・製本 株式会社広済堂ネクスト

デザイン アオキテツヤ(ムシカゴグラフィクス)

Printed in Japan
ISBN 978-4-04-684448-4 C0093

定価はカバーに表示してあります。